純情トラップ

藤崎　都

18584

角川ルビー文庫

CONTENTS

口絵・本文イラスト／蓮川　愛

親族が集まる日のユーインは、いつも憂鬱《ゆううつ》だった。

曾祖父《そうそふ》も祖父母も大好きだけれど、意地の悪い二つ上の従兄《いとこ》とも顔を合わせなくてはならないからだ。ファンはユーインのことを遊び甲斐《がい》のあるオモチャのように思っているようで、会うたびにしつこくからかってくる。

今日の曾祖父のバースデーパーティでも、ファンに見つからないように隠《かく》れていたのだが、曾祖父に呼ばれていると嘘《うそ》を吐《つ》いておびき出され、あえなく捕《つか》まってしまった。

「それだけは返してっ」

「返して欲しかったら取ってみたらどうだ？　ほらほら、もっと高く飛ばないと届かないぞ」

「……っ、返してよ……！　おじいさまからもらった大事なものなんだから」

いつもなら嵐《あらし》が過ぎ去るのを大人しく待つユーインだが、曾祖父にもらった翡翠《ひすい》のピンブローチを取り上げられて黙《だま》ってはいられなかった。

それは亡《な》き曾祖母《そうそぼ》が大事にしていたというもので、昨年のユーインの誕生日に曾祖父から譲《ゆず》ってもらった。だから、今日の祝いの席で胸につけようと思ったのだ。

よく似合うと微笑《ほほえ》んでくれた曾祖父のためにも、これだけは絶対に取り返したかった。

「そんなに大事なものならベッドの下にでもしまっておけよ。わざわざ見せびらかすようなことするから悪いんだろ」

強引《ごういん》に取り上げておいて、ずいぶん勝手な云《い》い分《ぶん》だ。しかし、言葉の上手《うま》くないユーインにはファンを云い負かす自信はない。

「他《ほか》のなら何でもあげるから、それだけは返して！」

必死に取り返そうとする自分の姿が彼の嗜虐《しぎゃく》心を刺《し》激《げき》したのだろう。どんなに懇願《こんがん》しても返してはもらえなかった。

「どうしても返して欲しかったら、そこに這《は》いつくばって頼《たの》んでみろよ。お願いします、お兄様ってさ」

ニヤニヤとしたファンの笑《え》みが不快だったけれど、逆らえば返してもらえなくなるだけでなくブローチを壊《こわ》されてしまうかもしれない。

「……わかった」

ファンの云うとおりにするのは悔《くや》しい。だけど、曾祖母の形見という大事なものを返してもらうためには仕方ないと従おうとしたそのとき、誰《だれ》かがファンの背後からピンブローチをひょいと取り上げた。

「なっ、何すんだよ！」

突然《とつぜん》現れた金髪《きんぱつ》の少年は憤《いきどお》っているファンに目を向けることなく、ユーインにブローチを差し出してくれる。

「そんなことしなくていい。これはお前が正当な所有者なんだろう？」

「ええと……」

「俺はヒューバートだ」

自分よりも少しだけ背の高い少年の瞳《ひとみ》は、ユーインの手の平の中へと戻《もど》ってきたブローチの翡翠と同じ色をしていた。

青みがかった涼《すず》やかな緑色の瞳とキラキラとしたブロンド。まるで、映画の中から飛び出してきた王子様のようだった。

「俺を無視すんじゃねーよ!?　てゆーか、それ返せ！　関係ねーやつはどっか行けよ！」

自分の思うような展開にならなかったことに癇癪《かんしゃく》を起こし、ファンは地団駄《じだんだ》を踏《ふ》んだ。

「君に『返せ』と云える権利はないだろう」

「俺がもらってやったんだから俺のもんなんだよ！」

「彼に譲ったのか？」

ヒューバートに確認《かくにん》され、ふるふると首を横に振《ふ》った。無理矢理《むりやり》奪《うば》われたせいで、服の一部が鉤裂《かぎざ》きになってしまっている。

「――だそうだ。人からものを取るのはよくないことだ」

「お、脅《おど》すのかよ」

ヒューバートの堂々とした態度に、ファンは怯《ひる》み始めた。大きな顔をするのは、気弱なユーインや従妹《いとこ》の前だけだ。

「そんなことはしない。警察に通報するだけだ」

「通報!?」

「だって、君のしていることは泥棒《どろぼう》だろ？　人のものを盗《ぬす》んだら犯罪者だ」

「盗んだんじゃねーよ！」

ヒューバートのおよそ子供らしくない口調は、ファンを苛立《いらだ》たせるようだ。

「じゃあ、奪い取ったのか？　強盗《ごうとう》はもっと悪いな」

「〜〜〜〜っ、仕方ねぇから今日は許してやるよ！　今日だけだからな!!」

ファンは自らの分の悪さを悟《さと》ったのだろう。青くなりながらも捨て台詞《ぜりふ》を吐き捨てて、どこかへ走り去ってしまった。

いつもはしつこい従兄を涼しい顔をして小難しい言葉で云い負かし、追い払《はら》ってくれたヒューバートは、ユーインにとってはまさにヒーローだった。

「あの、ありがとう、ヒューバート」

「困ってる人がいたら助けるのは当然のことだ」

ヒューバートはユーインの手からそっとブローチを受け取り、胸につけてくれた。

「似合ってる。君の名前は？」

「ユーイン」

「綺麗《きれい》な名前だな」

「君の名前もカッコいいね。今日は誰と来たの？」

「父に連れてきてもらった」

曾祖父のバースデーパーティには色んな会社の偉《えら》い人たちだけでなく、その子供たちも来ていた。人見知りの強いユーインは、なかなか彼らと打ち解けることはできなかったけれど、不思議とヒューバートとは肩《かた》の力を抜《ぬ》いて話すことができた。

「……ねえ、もう戻らないといけない？」

「まだ平気だろ。父さんたちは話し込んでるし、友達作ってこいって放《ほう》り出されたから」

ヒューバートの言葉に希望を見出《みいだ》し、ユーインはなけなしの勇気を振り絞《しぼ》って口を開いた。

「じゃ、じゃあ、僕と友達になってくれないかな……？」

ヒューバートはユーインの言葉に、驚《おどろ》いた顔になった。図々《ずうずう》しい願いだっただろうかと反省しかけた瞬間《しゅんかん》、ヒューバートの表情が柔《やわ》らかく綻《ほころ》んだ。

「バカだな。もう友達だろ」

「……っ」

——友達。

その単語に胸のあたりがじわじわと温かくなってくる。こんなふうに嬉《うれ》しい気持ちを感じるのは、初めてのことだった。

「ねえ、あっちに噴水《ふんすい》があるんだけど一緒《いっしょ》に見に行かない？」

「そっちには行っちゃダメだって云われたけどいいのか？」

「うん、僕は鍵《かぎ》持ってるから」

曾祖父が特別に一つ預けてくれた。ヒューバートの手を引き、噴水のある場所へと案内する。

この屋敷《やしき》は曾祖父がいくつも所有している別荘《べっそう》の一つだ。薔薇《ばら》の垣根《かきね》を抜けて辿《たど》り着いた中庭は色んな花が咲《さ》き乱れ、小さな噴水は月明かりに煌《きら》めいていた。

「すごい……」

「でしょ？　明るいときも綺麗だけど、僕は夜のほうが好きなんだ」

この場所の美しさを教えてくれたのも曾祖父だ。曾祖父とはここで色んな話をした。一番たくさん聞かせてくれたのは、曾祖母との思い出話だ。

『お前もいつか運命の相手に出逢《であ》えるよ』

『どうやって、それがわかるの？』

『心が教えてくれる』

『心が？　どんなふうに？』

『説明するのは難しいな。でも、そのときになったら絶対にわかる。絶対にな』

あの話をされたときはよくわからなかったけれど、いまなら少しわかる気がした。ヒューバートと目が合った瞬間、いままで感じたことがないような衝撃《しょうげき》を受けた。

「――あのね、ヒューバート。さっき、ヒューバートが助けてくれたとき、正義の味方みたいだって思ったんだ」

「ヒーロー？」

「うん。スーパーマンみたいだった」

空を飛んだり、ものすごい力があるわけではないけれど、ユーインにとっては窮地《きゅうち》を救ってくれた救世主だ。

「俺には君が……いや、何でもない」

「？」

ヒューバートは何か云おうとして、途中《とちゅう》でやめたようだった。少し照れた様子で咳払《せきばら》いをし、改まった態度で告げた。

「俺が君のヒーローなら、これからは俺が君を守る」

「え、ヒューバートが……？」

ヒューバートの宣言に驚き、ユーインは目を瞬《また》かせる。

「うん。ずっと守ってやる」

「本当に？　でも、どうして？」

「そうしたいと思ったから」

「嬉しいけど、僕はヒューバートに何もしてあげられないし……」

曾祖父《そうそふ》は大きなグループのトップで、祖父や父も大きな仕事を任されているけれど、それはユーイン自身の能力とは一切《いっさい》関係ない。

ファンの嫌《いや》がらせすら一人で対処できない自分が、ヒューバートの役に立てることなんて何一つないだろう。

「じゃあ、将来俺の片腕《かたうで》にならないか？」

「片腕って？」

「俺の将来の目標は、父さんを超《こ》える経営者になることなんだ。でも、そうなるには一人じゃ難しい。信頼《しんらい》できる協力者が必要なんだ」

「僕でいいの？　僕、何もできないのに……」

「俺はユーインがいい。これでも、人を見る目はあるんだ。いまは何もできないなら、これから身につけていけばいい。俺だって、まだまだ知らないことばかりだ」

将来を見据《みす》えたヒューバートの眼差《まなざ》しはどこまでもまっすぐで、その瞳はキラキラと輝《かがや》いていた。

「わかった。僕はヒューバートの『片腕』になる」

そのためにたくさん勉強しよう。絶対にヒューバートの夢を支えることのできる人間になると心に誓《ちか》った。

「約束だからな」

「うん、約束」

こくりと頷《うなず》くと、ヒューバートの唇《くちびる》がユーインの唇にそっと触《ふ》れた。唇へのキスは初めてだったから、びっくりしてしまったけれど、不思議と全然嫌ではなかった。

「……どうしてキスしたの？」

「約束の証《しるし》だ」

「そっか」

ユーインがにこりと笑うと、ヒューバートも笑ってくれた。

特別な場所で交《か》わした秘密の約束。いまこの瞬間、ヒューバートとは特別な関係になれた気がした。

1

「――大人しくしろ」

背中に硬《かた》い金属のようなものを押し当てられ、くぐもった声で脅《おど》されたユーイン・ウォンは小さく息を呑《の》んだ。

「!?」

背中に触れているものの正体がわからない以上、無闇《むやみ》に抵抗《ていこう》するわけにはいかない。目的は金だろうか？　咄嗟《とっさ》に財布《さいふ》の中の現金を頭の中で数える。ある程度の手持ちはあるが、果たして命と引き替《か》えにするのに足りるだろうか。

「声を出すなよ。まっすぐ歩いて、そこの路地に入れ」

そう囁《ささや》いてくる男の息遣《いきづか》いは荒《あら》く、興奮状態にあるようだった。

こうして危険に晒《さら》されるまで背後に人がいることに気づかなかったのは、アルコールで気分が悪くなっていたからだ。

今日は所属しているゼミの教授のバースデーパーティがあった。祝いの席ということもあり、友人に勧《すす》められるがままに少し飲みすぎてしまった。

そのせいもあってか、珍《めずら》しくアルコールの回りが早かった。本格的に気分が悪くなってからでは遅《おそ》いと判断し、迷惑《めいわく》をかけることになる前に抜《ぬ》けることにしたのだ。

同居人が車で迎《むか》えに来てくれることになっていたけれど、約束の時間よりもずいぶん早い。そのため、彼に迎えを断るメールを送り、タクシーを捕《つか》まえて帰ることにしたのだが、それが仇《あだ》となってしまった。

教授の家から大通りに出るまでの道は街灯が少なく、薄暗《うすぐら》い。とくに治安が悪い地域ではないけれど、日が落ちてからは人通りが一気に減る。

いつもなら警戒《けいかい》しながら歩くような場所だが、今日に限って油断してしまったのは酒に酔《よ》っていることが一番大きな原因だろう。

それにしたって、自分がこんなふうに悪酔いすることは珍しい。基本的にアルコールには強い体質のはずなのだが、これまで経験したことのない目眩《めまい》に襲《おそ》われている。

「そこの壁《かべ》に手をつけ。余計なことは考えるなよ」

「…………」

犯人の指示に従い、路地の奥に進む。フェンスで行き止まりになっており、奥に逃《に》げ場はなかった。彼はそれをわかっていて、犯行場所をここに選んだのだろう。つまり、土地勘《かん》があるということだ。

近所の人間を狙《ねら》った強盗《ごうとう》だろうと判断し、目的のものの場所を自ら口にする。

「財布ならコートのポケットに──」

「黙《だま》ってろ！　俺が金目当てに見えんのか⁉」

「……ッ」

男はユーインの肩《かた》を摑《つか》んで自分のほうを向かせると、コンクリートの壁に力任せに押しつけた。背中を強《したた》かに打ちつけたユーインは痛みに顔を顰《しか》める。

それでも必死に声を押し殺したのは、銃《じゅう》らしきものを突《つ》きつけられたままだったからだ。争っている声が聞こえれば、誰《だれ》か駆《か》けつけるかもしれない。この状況《じょうきょう》では目撃者《もくげきしゃ》に銃を向ける可能性もある。

さらなる被害者《ひがいしゃ》を出したくはない。できる限り穏便《おんびん》にすませるには、自分が相手の要求に応《こた》えることが最善の方法だろう。

ほとんど明かりの届かない路地裏だったが、相手が目出し帽《ぼう》を被《かぶ》っているのはわかった。暗《くら》闇《やみ》の中、彼の瞳《ひとみ》は異様なほどぎらぎらとしていた。

強盗目的でないということは、この体が目当てということだ。相手も自分も男だが、珍しいことではない。

ユーインは昔からやたらと同性にモテる。下心のある相手の誘《さそ》いを断ることは日常茶飯事《さはんじ》だ。もしかしたら、この犯人も断りを入れたうちの一人かもしれない。

「死にたくなかったら云《い》うことを聞くんだな」

「……そんなものしまったらどうですか？　こんな体でよろしければ、お好きにどうぞ」

男を満足させれば、命まで取られることはないだろう。逃《のが》れることを早々に諦《あきら》めて体から力を抜いた。

好きでもない男を相手にするのは慣れている。不快なことには変わりないが、取り立てて騒《さわ》ぐようなことでもない。

「ずいぶん物わかりがいいな」

男はユーインの言葉に驚《おどろ》いた様子だった。普通《ふつう》の人間なら怯《おび》えて当然の状況だ。自ら進んで体を差し出そうとするなんて、予想していなかったのだろう。

「生憎《あいにく》、こういうことはよくあることなので。早く帰りたいので、さっさと終わらせて下さい」

小さい頃《ころ》から危ない目には何度も遭《あ》っている。アジア系は年齢《ねんれい》よりも幼く見えるし、その中でもとくに大人しそうに映るのだろう。

国籍《こくせき》はアメリカだが、血筋は純粋《じゅんすい》な中国系だ。会ったことはないけれど、曾祖母《そうそぼ》の若い頃にそっくりらしい。

写真を見たところ、確かに奥二重《ぶたえ》で切れ長の目元が似ていた。成長したいまは男性の自分のほうが少し面長《おもなが》だが、子供の頃は年嵩《としかさ》の親族たちに曾祖母が生き返ったかのようだとしょっちゅう云われたものだ。

そんな顔立ちのせいもあってか、この国ではユニセックスな容姿に見えるようだ。もっと髪《かみ》を短くすれば男らしくなるのかもしれないが、はっきり云って似合わないし、ユーインが髪を切ることに難色を示す幼なじみもいる。

「そんなふうに云っておいて、俺を油断させる気だろう……っ」

銃で脅して襲ってきたのは自分のほうなのに、ずいぶん警戒しているようだ。これが初めての犯行なのだろう。

「するんですか？　しないんですか？　はっきりして下さい」

これ見よがしにボタンを外してみせると、男はごくりと喉《のど》を鳴らした。

「何だ、あんたも普段《ふだん》お高い態度取ってるくせに好きなんだな。いい子にしてれば気持ちよくしてやるよ！」

「……ッ」

男は手にしていた銃を無造作に放《ほう》り投げ、ユーインのシャツを引き裂《さ》いた。ぶちぶちとボタンが弾《はじ》け飛び、素肌《すはだ》が露《あら》わになる。

銃が手の届かないところまで飛んでいったのを横目で確認《かくにん》し、内心で最大の危機を回避《かいひ》できたことに胸《むね》を撫《な》で下ろす。

しかし、これで安全になったというわけではない。他《ほか》の武器を持っている可能性もあるし、酔いで頭の中がぐらぐらしている現状で拳《こぶし》を振《ふ》るわれたら無事ではいられないだろう。

何をされたとしても、命があればそれでいい。どうせ、この体はすでに汚《よご》された身なのだから。

「本当は怖《こわ》いんじゃないのか？　必死に怯えているのを隠《かく》してるんだろう？」

「抱《だ》くなら早くして下さい」

「そう急《せ》かすなよ。綺麗《きれい》な黒髪《くろかみ》だな……ずっとこうして触《さわ》りたかったんだ……」

「――――」

男はユーインの髪を指で梳《す》き、毛先に唇《くちびる》を押し当ててくる。嵐《あらし》が過ぎ去るなら、早いほうがいい。慣れたと云っても、歓迎《かんげい》できることではないからだ。

生臭《なまぐさ》い息に顔を背《そむ》け、不快な感触《かんしょく》を覚悟《かくご》したその瞬間《しゅんかん》――覆《おお》い被さっていた男が消えた。

「……え？」

消えたのではなく、正しくは引き倒《たお》されていた。腕《うで》を捻《ひね》り上げられ、地面に俯《うつぶ》せに押さえつけられている。

「ヒューバート⁉」

男を締《し》め上げていたのは、ユーインの同居人でもあり幼なじみのヒューバート・クロフォードだった。関節が決まっているのか、男は痛みに悲鳴を上げる。

「い……っ、は、離《はな》せ……！」

「あんなことしておいて無事に帰れると思ってるのか？」

ヒューバートは抵抗する男の首を掴み、さらに強く顔を地面に押しつける。淡々《たんたん》とした口調だったけれど、静かにキレていることは明白だった。

「お前、同じ学部のやつだろう」

「！　ち、違《ちが》います」

男は正体を指摘《してき》された途端《とたん》、さっきまでの強気な態度が消え去った。正体がバレたことに青くなっている。

「なら、確認させてもらおうか」

「待っ……」

ヒューバートは抗《あらが》う男から、ニットの目出し帽を剝《は》がす。露わになった素顔《すがお》は、見覚えのあるものだった。

「あなたは……」

犯人は大学でユーインに纏《まと》わりついてきている男だった。

いままでは同じ講義を取ったり、カフェテリアで近くの席に座っていたりするだけだったが、先週いきなり食事に誘われた。

ユーインはこの先も誰ともつき合うつもりはない。それは女性だろうが、男性だろうが同じことだ。一生、ヒューバートに仕えて生きていくつもりだった。

誘いを断りはしたけれど、自分なりに礼儀《れいぎ》は尽《つ》くした。誰かに気持ちを伝えるということは勇気がいる。その勇気には尊敬の念を抱いていた。

だけど、自分の思いどおりにいかなかったからといって実力行使に出ることは間違《まちが》っている。

「自分の取った行動の責任はきっちり取ってもらうからな」

「出来心だったんです！　見逃《みのが》して下さい……!!」

「ふざけるな！　出来心でレイプしようとして見逃せるわけがないだろう!?」

泣きを入れただけで許されるようなことではない。まともな謝罪すらしない男に、ヒューバートは怒《いか》りを爆発《ばくはつ》させた。

「ぐ、あ……っ」

締め上げすぎたのか、男はかくりと気を失った。

「ひ弱な男だな」

ヒューバートは意識を失った男を放り、立ち上がる。そして、いつの間にか腰《こし》が抜《ぬ》けてへたり込んでいたユーインに歩み寄ってきた。

「迎《むか》えに行くと云っただろう。どうしてこんな場所を一人でふらふら歩いてるんだ！」

剣呑《けんのん》な声にびくりと体が竦《すく》む。ヒューバートは不用意な行動を取ったユーインに対し、犯人の男以上に怒りを覚えているようだった。

「すみません……」

手を煩《わずら》わせまいとしたことが、却《かえ》って迷惑《めいわく》をかけることになってしまった。いま、自分にできることは謝罪しかない。ヒューバートはユーインの前に跪《ひざまず》き、大きく息を吐《は》く。

「……無事でよかった」

「────」

抱《だ》きしめられ、息を呑《の》む。慈《いつく》しむように頭を撫でられ、心臓が止まりそうになった。

子供の頃はよくスキンシップを取っていたけれど、大人になったいまはほとんど触《ふ》れ合うことはなくなった。呼びかけるときに肩《かた》を叩《たた》かれるくらいだ。

「あの、でも、どうしてここが……？」

動揺《どうよう》を押し隠し、ヒューバートの体を押し返す。

「お前からメールをもらったときにはすぐ近くまで来てたんだ。教授から帰ったばかりだと聞いたから捜した」

「……迷惑をかけてしまって、本当にすみませんでした」

「迷惑をかけられたとは思ってない。心配したと云《い》ってるんだ。とにかく帰るぞ」

「はい」

ヒューバートが手を差し伸《の》べてくれる。この手を摑《つか》むくらいは許されるだろう。だけど、アルコールの酩酊《めいてい》とは違う目眩《めまい》に襲《おそ》われ、その手を摑み損《そこ》ねてしまった。ヒューバートに受け止めてもらわなければ、前のめりに倒れ込んでいただろう。

「……っ」

「大丈夫《だいじょうぶ》か⁉」

「だ、大丈夫です……すみません、今日は少し飲みすぎてしまったようです」

ヒューバートに云い訳をしながら自力で体勢を立て直そうとするけれど、頭がぐらぐらして上手《うま》くいかない。強制的に意識を閉じさせられるかのような感覚。

「――――」

薬を盛られた可能性が頭を過《よぎ》った。いまさら確認のしようはないけれど、睡眠薬《すいみんやく》か何かが飲み物に入っていたのかもしれない。

「大丈夫じゃなさそうだな」

ヒューバートはそう云うと、軽々とユーインを抱き上げた。

「わ、私は平気ですから！」

まるで女性にするかのような扱《あつか》いに慌《あわ》てる。ヒューバートの腕から降りようとじたばたしたつもりだったが、思った以上に体の自由が利かなかった。

「どこが平気なんだ。まともに立てもしないくせに」

「一人で歩けます！」

「いいから大人しくしていろ」

もう怒《おこ》ってはいない様子だが、聞く耳を持ってくれない。こういう難しい顔をしているときのヒューバートは頑《がん》として云うことを聞かない。

「……あの、彼はどうするんですか？」

ふと、気になっていたことを質問した。地面で伸びている男は放置されたままだ。

「安心しろ、あとできちんと締め上げておく」

そう云って、ヒューバートはユーインを抱《かか》えて車まで連れていった。


ヒューバートとのつき合いは、もう十四年になる。

ユーインはウォングループの総裁の孫、ヒューバートはクロフォード・グローバルの御曹司《おんぞうし》だ。家族ぐるみのつき合いで、いまは二人とも同じ大学に進学し、アパートメントでルームシェアをして住んでいる。

ルームシェアと云っても、学生の身分には贅沢《ぜいたく》すぎる物件だ。

広さはともかく、セキュリティの高い物件なのは身の安全を考えてのことだ。家に資産があるということは、それだけ狙《ねら》われやすいということだ。

何もかも親がかりで贅沢な暮らしをすることには少し抵抗《ていこう》があったけれど、もしものことがあれば家族だけでなく会社や従業員たちにまで迷惑が及《およ》ぶ。つまり、危機管理の一環《いっかん》だ。

一応、ヒューバートの両親から世話役を任されているけれど、勉強三昧《ざんまい》のヒューバートは目を配るまでもなく品行方正な生活を送っている。

もっと役に立てればと思うのだが、普段《ふだん》ユーインがしていることは食事の仕度《したく》くらいだ。

ヒューバートは学生の身でありながら、すでに経営に関《かか》わっている。近い将来、会社を背負うことになるだろう。

ユーインの夢は、彼の片腕《かたうで》になることだ。彼のサポートができるよう、日々努力している。法律を学んでいるのも、語学を磨《みが》いているのもそのためだ。

彼と初めて出逢《であ》ったのは、曾祖父《そうそふ》のバースデーパーティでのことだった。あの日も意地の悪い従兄《いとこ》に会場の外に連れ出され、嫌《いや》がらせをされていた。

彼にとって小柄《こがら》で大人しいユーインはちょうどいい餌食《えじき》だったようだ。普段は面倒見《めんどうみ》のいいふりをしているくせに、大人の目がなくなると途端に本性《ほんしょう》を出す。

曾祖父にもらった大事な翡翠《ひすい》のブローチを取り上げられ、困り果てていたユーインの窮地《きゅうち》を救ってくれたのは他《ほか》でもないヒューバートだった。

多分、助けられたあのとき恋《こい》に落ちてしまったのだろう。あれからずっと、ヒューバートへの密《ひそ》かな恋心を隠《かく》し続けている。

親同士が親しくなったこともあり、クロフォード家とは家族ぐるみのつき合いになった。ジュニアスクールからはずっと同じところに通い、長期休暇《きゅうか》になるとヒューバート家の別荘《べっそう》に招いてもらっていた。ヒューバートとは兄弟同然に育ってきた。

「ユーイン、起きられるか？」

「……え？」

声をかけられ、我に返った。気がつくと、アパートメントの地下駐車場《ちかちゅうしゃじょう》に着いていた。目が覚めるまで、昔の夢を見ていた気がする。

「アパートに着いた。部屋まで歩けるか？」

「あ、はい、大丈夫だと思います」

少し眠《ねむ》ったお陰《かげ》で、さっきまでの目眩は軽減している。

これならどうにかなるだろうとシートベルトを外し、助手席から外に足を踏《ふ》み出そうとしたけれど、いつものように立つことはできなかった。

「あれ、おかしいな……」

腰から下に上手く力が入らない。改めてドアを支えに、何とか立ち上がってはみたものの、そこから一歩を踏み出すのは難しかった。

「無理するな。そのまま待ってろ」

ヒューバートは助手席側へと回ると、足下《あしもと》の覚束《おぼつか》ないユーインを再び抱《だ》き上げた。

「か、肩を貸してもらえれば充分《じゅうぶん》ですから！」

「こっちのほうが手っ取り早い。落ちないように摑まってろ」

自力で歩くことを必死に主張したけれど、結局、ヒューバートに部屋まで運ばれることになってしまった。

正直云って恥《は》ずかしくて堪《たま》らないが、逆らえる状況《じょうきょう》ではない。とにかく早く部屋に着いてくれることを祈《いの》るしかなかった。

「……ご迷惑《めいわく》ばかりおかけしてすみません」

「別に迷惑だとは思っていない。お前がこんな隙《すき》だらけになってるのは珍《めずら》しいしな」

ヒューバートはそう云って笑うとユーインを軽々と運んでいく。乗り込んだエレベーターでも下ろしてはもらえなかった。

「あの、重くないですか……？」

「少しも。もう少し肉をつけたほうがいいくらいだ。俺にばかり食わせてないで、お前ももっと食うようにしろ」

「食べてますよ。なかなか太らないだけで……」

「嘘吐《うそつ》け、いつも俺の半分しか食ってないじゃないか。子供の頃《ころ》から食の細さは変わってないだろうが」

「昔よりは食べられるようになりました。私ももう二十歳《はたち》なんですから、いい加減子供扱いしないで下さい」

ヒューバートにとって、ユーインはいまでも庇護《ひご》しなければならない存在なのだろう。さっきだって、助けてもらってしまった。

「そういう拗《す》ねた顔を見るのは久しぶりだな」

「え？」

ヒューバートの密やかな笑い声に顔を上げると、目が合った。

抱き上げられているということは、すぐ近くにヒューバートの顔があるということだ。シルバーフレームの眼鏡《めがね》の向こうに見える翡翠色の瞳《ひとみ》に自分の顔が映っていることに気づいて胸が跳《は》ねた。

幼い頃から飽《あ》きるほど見てきたはずなのに、緊張《きんちょう》してしまう。高鳴る心臓の音が聞こえてしまっていないか不安だった。

凛《りん》とした表情は、昔からちっとも変わらない。ヒューバートの顔立ちは、まるで芸術作品のように端整《たんせい》だ。フェイスラインも各パーツの配置も完璧《かんぺき》としか云《い》いようがない。

足を踏み出すたびに揺《ゆ》れるプラチナブロンドはいつ見ても美しく、前をまっすぐに見つめる緑色の瞳は吸い込まれそうなほど澄《す》みきっている。ユーインはとくにこのヒューバートの瞳が好きだった。どれだけ見ていても飽きることがない。

「ユーイン、鍵《かぎ》を開けてくれ」

「え、あ、はい」

見蕩《みと》れているうちに最上階にある自宅に着いていた。抱き上げられたままの状態でポケットを探《さぐ》り、どうにか鍵を開けた。

リビングを通り抜《ぬ》けて辿《たど》り着いた寝室《しんしつ》で、ゆっくりとベッドに下ろされる。ユーインの靴《くつ》を脱《ぬ》がし、着替《きが》えまでさせようとしてくれるヒューバートを制止し、これ以上の手助けを拒《こば》んだ。

「あ、ありがとうございました。もう一人で大丈夫《だいじょうぶ》ですから」

「本当に大丈夫か？」

まっすぐ見つめてくるヒューバートの眼差《まなざ》しが気まずい。早く一人になりたかったけれど、出ていってくれとは云えなかった。

「はい。少し酔《よ》いが残っていますが、休めばすぐに抜けると思います」

薬の影響《えいきょう》か、まだぼんやりはするけれど、それはあの男のせいではない。被害《ひがい》と云えるのは服を破られたことくらいのものだ。

「すまない、俺がもっと早く着いていたらお前をあんな目に遭《あ》わせずにすんだのに……」

ヒューバートは深い後悔《こうかい》を滲《にじ》ませている。さっき、車の中でどこかに連絡《れんらく》し、ユーインを襲《おそ》った男の対処を頼《たの》んでいたようだった。

クロフォード家の関連企業《きぎょう》には警備会社もあるし、懇意《こんい》にしている調査会社もある。伝手《つて》を使えばそれなりの調べもつくだろう。

「あなたのせいじゃありません。油断した私が悪かったんです」

パーティで気分が悪くなったときに、まず自分で警戒《けいかい》しておくべきだったのだ。横着せずにタクシーを教授の家に呼んでおけば、あんな隙を見せずにすんだはずだ。

「お前は何も悪くないだろう」

ヒューバートは憤《いきどお》りを抱《かか》え、自分を責めている。どうにか気持ちを軽くしてもらいたくて、必死にフォローの言葉を探す。

「私のことなら気になさらないで下さい。あんなの、大したことじゃありませんし」

そう云った途端《とたん》、ヒューバートの顔色が変わった。

「――大したことじゃない？」

「……っ」

問い返されたことで自分が口を滑《すべ》らせてしまったことに気づき、さあっと血の気が引いた。

ヒューバートは優秀《ゆうしゅう》なだけあって、細かいことによく気がつく。だからこそ、細心の注意を払《はら》って秘密を隠し続けてきた。

なのに、こんなことでボロを出してしまうなんて人生最大の失態だ。

「もしかして、さっきの言葉は本気で云っていたのか？」

「それは……」

さっきの言葉というのは、ユーインが犯人に告げた言葉のことだろう。一体、どこから聞かれていたのだろうか。冷や汗《あせ》を掻《か》きながら、何とかごまかそうと云い訳を探す。

「相手は銃《じゅう》を持っていましたし……」

「ああするしかなかった状況だったことはわかる。逆らっていたら殺されていたかもしれない。だからって、大したことじゃないなんてことはないだろう。あんな男に黙《だま》って身を任せるつもりだったのか？」

抵抗《ていこう》していたら殺されていたかもしれない。体を好きにさせれば満足して去るだろうと思ったのは事実だが、半ば投げやりになっていたことも本当だ。だけど、それをヒューバートに知られるわけにはいかない。

「でも、無闇《むやみ》に抵抗して取り返しのつかないことになるくらいなら、抱かれるくらいどうということはありませんから」

「どういうことはない……？」

「あ、あの、そういう意味ではなく……っ」

酒と薬のせいで正常な判断ができなくなっているようで、さらに余計なことを云ってしまった。墓穴《ぼけつ》を掘《ほ》ってしまった自分に歯嚙《はが》みする。

青くなっているユーインに対し、ヒューバートはいつになく苦い顔をしていた。もしかしたら、簡単に体を許そうとしたユーインを汚《けが》らわしく思っているのかもしれない。

彼は潔癖《けっぺき》な性格をしている。曲がったことが嫌《きら》いで、考え方も堅《かた》いところがある。ユーインの取った対処方法が受け入れがたいのだろう。

「もしかして、いままでにもこんなことがあったのか？」

表情が消えた顔で問われ、ぎくりとする。動揺《どうよう》しているせいで、いつものポーカーフェイスはできなかった。

「……あなたは知らなくていいことです」

普段《ふだん》ならもっと上手《うま》くごまかせていただろう。しかし、いまは上手く頭が回らない。この答えではそうだと云っているのと同じことだ。

「相手は誰《だれ》だ？　俺の知っている人間か？」

ヒューバートは怖《こわ》い顔で問い詰《つ》めてくる。自分の過去に気づかれてしまったことは仕方ない。けれど、その相手は何があっても知られたくなかった。

「あなたには関係ないでしょう。誰が相手だって同じことです」

「本気で云ってるのか⁉」

答えたくなくて顔を背《そむ》けると、珍しく大きな声を出された。

ヒューバートの質問で、記憶《きおく》の底に無理矢理《むりやり》押し込めていた不快な思い出が蘇《よみがえ》ってくる。

最悪の初体験は、十七歳のときのことだ。後ろ盾《だて》になってくれていると信じていた伯父《おじ》に呼び出された夜、強引《ごういん》に犯《おか》された。

あの頃、ユーインは病に倒《たお》れた曾祖父《そうそふ》に呼ばれて香港《ほんこん》の本家に戻《もど》っていた。

アメリカに帰りたい気持ちもあったけれど、寝込《ねこ》んで気弱になった曾祖父の傍《そば》を離《はな》れることはできなかった。

当時、祖父は曾祖父のあとを継《つ》いだばかりで忙《いそが》しく、そのサポートをしている両親も世界中を飛び回っていた。その間、本家の屋敷《やしき》の管理を任されていたのは伯父家族だった。

外面《そとづら》のいい伯父はユーインの両親の信頼《しんらい》を得、人の好《よ》い仮面をつけながら裏ではユーインをいいようにしていたのだ。

初めのうちは必死に抗《あらが》っていたけれど、それが無駄《むだ》なだけでなく相手を喜ばせていることに気づいてからは諦《あきら》めて身を任せるようになった。

体格で敵《かな》わない以上、誰かに助けを求めようとも思った。けれど、伯父には先手を打たれ、ユーインは本家で孤立《こりつ》した。

周囲の信頼の厚い男を告発したところで簡単には信じてはもらえないだろう。下手《へた》をすればこちらに非があるように立ち回られかねない。

自らの分が悪いことを悟《さと》ったユーインは、嫌《いや》なことが起こっている間は心を閉《と》ざす術《すべ》を覚えた。それが十七歳の自分にできる唯一《ゆいいつ》の抵抗だった。

曾祖父に訴《うった》えれば、伯父からは離れられたかもしれない。けれど、そんなショッキングなことを伝えて、病に弱っている曾祖父に心痛を与《あた》えるのだけは避《さ》けたかったのだ。

やがて曾祖父が亡《な》くなり、アメリカに帰ったことで苦痛の日々は一年ほどで終わった。けれど、汚《けが》れた体は二度と元には戻らない。

ヒューバートの前で、以前と何も変わっていないような顔をするのは少し辛《つら》かったけれど、直《じき》に慣れた。

赤の他人なら告発することもできただろう。けれど、これは一族の恥《はじ》だ。何よりも、自分自身が伯父に何度も無理強《むりじ》いされていたことをヒューバートにだけは知られたくなかった。

「こんなこと冗談《じょうだん》で云《い》うと思いますか？」

「ユーイン――」

「相手を云ってどうなるんですか？　この体はもう汚れきってるのに。いまさら誰に触《ふ》れられようとどうでもいいです」

投げやりに吐《は》き捨てるように告げる。ヒューバートは呆《あき》れているだろうか？　それとも、哀《あわ》れんでいるだろうか？

ユーインにとって大事なことは、ヒューバートの傍にいることだ。そのためには何があっても死ぬわけにはいかない。貞操《ていそう》なんて些末《さまつ》なことだ。

「……誰が相手でもいいんだな」

「え？――ンぅ……っ」

低い呟《つぶや》きのあと、ヒューバートは突然《とつぜん》口づけてきた。それは家族にするようなキスとは違《ちが》う、性的なものだった。

肩《かた》と頭の後ろを押さえられているせいで、逃《のが》れることはできない。戸惑《とまど》いに目を瞠《みは》るユーインに構うことなく、ヒューバートはさらにキスを深くしてくる。

自分がよく知っているヒューバートは、断りもなくこんなことをしてくるような男ではない。どこまでも清廉《せいれん》で正しい人だ。

もしかしたら、投げやりになっているユーインに怒《いか》りを覚え、現実を教えようとしているのかもしれない。

「んぅ、ん……っ」

乱暴な口づけは、まるで嵐《あらし》のようだった。舌を無理矢理捻《ね》じ込まれ、何もかも奪《うば》い去ろうとするかのような荒々《あらあら》しさで傍若無人《ぼうじゃくぶじん》に口腔《こうこう》を掻き回される。

拒《こば》もうとしたけれど、肩を摑《つか》んでいるヒューバートの手はびくともしない。混乱と羞恥《しゅうち》で体が燃えるように熱くなっていくと同時にぞくぞくと体中が甘ったるく震《ふる》えた。

「んん、ぁ、ん……」

ヒューバートとのキスは何もかもどうでもよくなるくらい気持ちがいい。本能がもっと欲しいと訴えている。

快感に溺《おぼ》れかけ、流されてしまいそうになったけれど、どうにか理性を振《ふ》り絞《しぼ》り、渾身《こんしん》の力でヒューバートの頭を引き剝《は》がす。

「ヒューバート！　こんなことやめて下さい……！」

欲望《よくぼう》を抑《おさ》え込み、強い語気で制止を求めた。いまならまだ引き返せる。一時の快楽に身を任せて、この先の関係を壊《こわ》すことだけはしたくない。

自分のこの気持ちは誰にも知られてはいけないものだ。本人に伝えたところで困らせるだけだろう。

友人として信頼してくれ、一番近くに置いてくれているヒューバートをそんなことで裏切りたくはない。

好きだからこそ、誰よりも幸せになってもらいたい。ぎくしゃくするくらいなら、想《おも》いを秘《ひ》めたまま傍にいようと遠い昔に誓《ちか》ったのだ。

「やめて欲しいくせにずいぶん興奮してるんだな」

「!?」

ヒューバートに体の変化を揶揄《やゆ》され、カッと頭に血が上る。その直後、足を割られ、膝頭《ひざがしら》で股間《こかん》を擦《こす》られる。すでにそこは熱を持ち、硬《かた》くなりかけていた。

欲情《よくじょう》している自分をこれ以上知られたくなくて腰《こし》を引こうとしたけれど、その前にぐっと膝を強く押し込まれ、血流がそこに集中する。

「あ……っ!?」

「男の体はわかりやすいな」

意識が逸《そ》れた隙《すき》を突《つ》くようにベッドに押し倒され、角度を変えてまた唇《くちびる》を奪われた。

「んん、んー…っ」

執拗《しつよう》な口づけに頭の中が麻痺《まひ》していく。絡《から》み合う舌は蕩《とろ》け、混じり合ってしまいそうな錯覚《さっかく》に陥《おちい》った。

ヒューバートの舌が熱い。やがて、四肢《しし》から力が抜《ぬ》け、くたりとなる。もうこのまま何も考えたくない。ユーインから抵抗《ていこう》の色が消えた頃《ころ》、ようやく唇を解かれた。

浅い呼吸を繰《く》り返しながら見上げると、ヒューバートの瞳《ひとみ》も欲情の色に染まっていた。いつも理性的で冷静なヒューバートがこんな目をしているのを見るのは初めてだ。

「……なんで、こんなこと……」

「誰でもいいんだろう？　だったら、俺が抱《だ》いてやる」

「それは――ぅあ……!?」

両手をベッドに押しつけられたかと思うと、首筋に噛《か》みつかれた。

さっきシャツを引き裂《さ》かれていたせいで、胸元《むなもと》は無防備な状態だった。肌《はだ》の柔《やわ》らかい部分を食《は》むように唇が這《は》い、鎖骨《さこつ》に歯を立てられる。

「や、ダメ、やめて下さい……っ」

ヒューバートが脅《おど》しではなく、本気で自分を抱こうとしていることがわかったユーインは、必死に制止した。

自分は何をされても構わない。だけど、こんな汚れた体をヒューバートに抱かせるわけにはいかなかった。

「あの男はよくて、俺に抱かれるのは嫌なのか？」

「……っ」

ヒューバートの問いかけに、ユーインは顔色をなくし声を詰《つ》まらせた。

即座《そくざ》に否定したかったけれど、その誤解を解くためには話さなければならないことがたくさんある。それらはどれも告げられないことばかりだ。

「あ……っ」

ユーインのシャツに辛《かろ》うじて残っていたボタンは、簡単に引き千切られる。そうして露《あら》わになった肌をするりと撫《な》で上げられた。

熱を持った手の平が肌を這う感触《かんしょく》に、ぞくぞくと背筋が戦《おのの》く。思わず漏《も》れそうになった喘《あえ》ぎを噛み殺した。

「く……っ」

「俺の手でも感じるんだな」

そうではない。ヒューバートの手だからこそ、酷《ひど》く感じてしまうのだ。むしろ、こんなふうに反応する自分は初めてだった。

この体はすでに汚れてしまっている。なのに、ヒューバートに対しては初心《うぶ》な少女のような反応をする。そんな自分が余計に恥《は》ずかしかった。

伯父《おじ》に陵辱《りょうじょく》されていたときは嫌悪感《けんおかん》以外何も感じなかった。自分が意志のない人形になったかのような気分だった。

だけど、いまは違う。

どんな些細《ささい》な接触《せっしょく》でも、電気が走ったみたいに感じてしまう。好きな人に触れられると、皆《みな》こんなふうになってしまうのだろうか。

ヒューバートはまるで存在を確かめるかのように体中を撫で回してくる。大きな手の平で触れられた場所は余さず熱を持ち、次の刺激《しげき》を待ち侘《わ》びてしまう。

「お願……します……っ、も、やめ――や……!?」

指先が胸の尖《とが》りに触れた瞬間《しゅんかん》、一際《ひときわ》高い声を上げてしまった。咄嗟《とっさ》に息を呑《の》んだけれど、すでに遅《おそ》い。どんなに我慢《がまん》しようとしても、喉《のど》の奥から甘ったるい声が出てしまう。

ヒューバートに与《あた》えられる刺激が、どうしようもなく気持ちがいい。言葉とは裏腹に、ユーインの体はさらなる快感を求めていた。

「本当に感じやすいな」

「ちが……っ、あ……!」

そこがとくに感じる場所だと知ったヒューバートは顔を寄せ、熱い舌で舐《な》め上げた。

こんなに過敏《かびん》に反応するのは、ヒューバートだからだ。けれど、それを告げたら秘めたままの気持ちも知られてしまう。

「ダメです、こんな……っあ、あ……っ」

「そんな声を上げておいてダメなんて、説得力がないな」

「や、もう、やめ……っ」

渾身の力で抗《あらが》い、どうにか背を向ける。ベッドの上を這うようにしてヒューバートの腕《うで》から逃《のが》れようとするけれど、あっさりと捕《と》らえられてしまった。

「どこに行くんだ?」

後ろから腰を抱《だ》き寄せられたかと思うと、ズボンのウエストに手をかけられた。止める間もなく押し下げられ、昂ぶったものを剥《む》き出しにされる。

「あ……!?」

「これを放っておくのは辛《つら》いだろう」

すでに芯《しん》を持って勃《た》ち上がっていた自身を握《にぎ》り込まれ、びくんっと体が跳《は》ねた。ヒューバートは絡みつかせた指で巧《たく》みに扱《しご》いてくる。

「やめ、そんなこと、あ、ン、んん……っ」

欲情しきった姿を見られているのも、張り詰めた欲望に直《じか》に触《ふ》れられているのも死にたくなるくらい恥ずかしかった。けれど、その羞恥を凌駕《りょうが》するくらいに気持ちよかった。

どんどん息が上がっていき、体がさらに熱くなっていく。まるで、体の内側から焦《こ》がされているようだった。

「も、やぁ……っ、あっ、あ……!」

耳元で感じるヒューバートの吐息《といき》も乱れている。呼吸が重なると、二人で高め合っているみたいな錯覚に陥る。

巧みな指遣《ゆびづか》いだということもあり、あっという間に高められていく。限界はすぐそこだった。

「もう放して下さ……っあ、ああ……ッ」

キツく扱かれ、終わりを迎《むか》えてしまった。ユーインは下腹部を震《ふる》わせ、欲望《よくぼう》を解き放つ。

ヒューバートの手を自分のもので汚《よご》してしまったことが、顔から火を噴《ふ》きそうなほど恥ずかしかった。

「お前もそんな顔をするんだな」

「え……？」

ヒューバートの言葉に、部屋に姿見があることを思い出した。顔を上げた瞬間、鏡の中の自分と目が合う。ユーインは頬《ほお》を上気させ、快感に蕩けきった顔をしていた。

「普段《ふだん》はセックスなんて考えたこともないって顔をしてるくせに、いまはよくて仕方ないって感じだな」

「……ッ」

襟元《えりもと》とウエストだけを緩《ゆる》めたヒューバートとは対照的に、ユーインは乱れきった姿だった。

自らのそんな姿を見られているという事実に頭に血が上り、それまで以上に全身が熱くなる。

ヒューバートの指摘《してき》どおり、気持ちよくて堪《たま》らなかった。快感に溺《おぼ》れかけているのは、最低の経験しかなかったせいもあるだろう。

「借りるぞ」

「え……？」

ヒューバートが手に取ったのは、ベッドサイドに置いてあった手荒《てあ》れ用のハンドクリームだった。片手でプラスチックの蓋《ふた》を開け、クリームを大胆《だいたん》に掬《すく》い取る。

「……っ！」

冷たさにぎゅっと目を瞑《つぶ》る。ヒューバートはユーインの腰《こし》を抱いたまま、足の間にクリームを塗《ぬ》りつけてきた。後ろの窄《すぼ》まりをぬるぬると撫でられ、目的を悟《さと》った。

「待っ……これ以上はダメです！　こんなのいけません」

まさか、ヒューバートがそこまでするつもりだとは思ってもいなかった。自分に思い知らせるためだとは云《い》え、さすがにやりすぎとしか云えない。

いまは頭に血が上っているのだろうが、常に冷静な彼らしくない行動だ。

「こんなところで終われないだろ」

「ンぅ……っ」

ヒューバートの指は、強引《ごういん》にユーインの中へと侵入《しんにゅう》した。体内に異物を押し込まれる感触に息を呑む。

「や、あ……っ、も、やめ…て、ください……ッ」

いまさら足掻《あが》いても仕方ないとわかっている。けれど、止めずにはいられなかった。自分は何をされても構わない。けれど、こんなことをして後悔《こうかい》するのはヒューバートだ。

「やめて欲しいなら、そういう反応をしたらどうだ」

「……っ、あ、ぁ、あ……っ」

荒《あら》く掻き回され、上擦《うわず》った声が零《こぼ》れた。すぐに指を増やされ、無理矢理《むりやり》中を押し拡《ひろ》げられる。

ぬるつく指を何度も抜《ぬ》き差しされ、吐息が零れた。

ひくつく粘膜《ねんまく》を酷く擦られる感覚に、腰が甘く震える。快感に溺れそうになる自分を引き止めようと、手の甲《こう》に筋が浮《う》くほどキツくシーツを握りしめた。

「……う、ン……っ」

せめて、意識だけはしっかり保っていたいと思うのに、内壁《ないへき》を擦られる快感に僅《わず》かに残った理性すら薄《うす》れていく。

「ひぁ……っ!?」

ずるりと指が引き抜かれたかと思うと、すぐに腰を引き上げられた。

「な、に……?」

「訊《き》かなくても何をするのかくらいわかってるだろ?」

上半身をベッドに伏《ふ》せ、腰だけを掲《かか》げた恥ずかしい体勢に全身が朱《しゅ》に染まる。

羞恥《しゅうち》に戸惑《とまど》っているうちに、ハンドクリームでべたべたになった場所に硬《かた》くて熱いものをあてがわれた。

先端《せんたん》が侵入口を探して彷徨《さまよ》っている。その感触に、否応《いやおう》なく体が期待してしまう。

「あ——んー……っ」

制止する間もなく、深々と貫《つらぬ》かれた。

根本まで埋《う》め込まれた昂ぶりに、粘膜が物欲しげにねっとりと絡《から》みつく。傍若無人《ぼうじゃくぶじん》に掻き回してくる屹立《きつりつ》はこれ以上ないほど硬く張り詰《つ》め、凶暴《きょうぼう》すぎるほど猛《たけ》っていた。

ヒューバートの欲望が、いま自分の中に存在している。ドクドクと激しく脈打っているのは、欲情《よくじょう》している何よりの証拠《しょうこ》だ。

ユーインの体に欲情し、いまにも暴れようとしているのが伝わってくる。その事実だけで神経が焼き切れてしまいそうだった。

「そんなに締《し》めつけるな」

「あ!?」

前のほうに伸《の》びてきた手が、反り返った自身を捕らえた。一度達したというのに、先端からはしとどに雫《しずく》が溢《あふ》れ出ている。ぬるぬると扱かれ、意識がそっちに集中する。

再び張り詰めたそれは、また弾《はじ》けてしまいそうになったけれど、キツく握りしめられ、無理矢理衝動《しょうどう》を抑《おさ》え込まれた。

「んん……ッ」

「まだだ」

「あ、ぁ、ん……っ」

根本まで埋め込まれた状態でぐっと突《つ》き上げられ、背中が弓なりに撓《しな》った。続けて、繋《つな》げられた体をがくがくと激しく揺《ゆ》さぶられる。

突き上げに合わせて、ベッドの上で上半身が泳ぐ。尖《とが》った胸の先がベッドカバーに擦《こす》れる感《かん》触《しょく》にも感じてしまう。

「ぁあ…っ、あ、あ……っ」

男に抱《だ》かれることを教え込まれている体はすぐに馴《な》染《じ》み始めた。

律動はやがて抽挿《ちゅうそう》に変わり、体温で蕩《とろ》けたクリームが濡《ぬ》れた音を立てる。

ぐちゅ、ぐちゅ、という卑《ひ》猥《わい》な音が羞恥を煽《あお》り、感覚がさらに鋭《するど》くなっていく。奥深くまで犯《おか》されたユーインの体は指先まで蕩けきっていた。

「はっ、あ、あ、んー…っ」

すっかり力が抜けるのを見計らっていたのか、唐突《とうとつ》に腰を引かれた。ぎりぎりまで屹立を引き抜かれ、抜け出そうになった瞬間《しゅんかん》――。

「あああ……っ」

一息に奥まで押し戻《もど》された。

内壁を勢いよく擦られる刺激《しげき》に、悲鳴じみた声が上がった。

ヒューバートはユーインの腰を指が食い込むほど強く摑《つか》み、そのまま大きな抜き差しを繰《く》り返す。休みなく与《あた》えられる刺激に、いまはただ喘《あえ》ぐことしかできなくなっていた。

「も、やだ……っ、ヒューバート……！」

「嫌《いや》？　こんなに感じてるのにか？」

「やあ……っ、あ、あっ」

密《ひそ》やかな笑いの振動《しんどう》を感じたあと、責め立てる動きが荒々《あらあら》しくなった。

掻き回されているところだけでなく、頭の中もぐちゃぐちゃになっている。気持ちよすぎて、どうにかなってしまいそうだった。

「あっあ、あ……！」

激しく追い立てられたユーインは、一際《ひときわ》高い声を上げて終わりを迎えた。体を大きく震わせながら白濁《はくだく》を吐《は》き出し、奥まで呑《の》み込んだ欲望を思い切り締めつける。

「……っ」

ヒューバートはユーインの体の奥へ、叩《たた》きつけるように精を注ぎ込んだ。

びくびくと震える屹立を内壁が絡みつくように締めつける。もっと欲しい。ユーインの体はさらなる快感を渇望《かつぼう》していた。

「あ……っ⁉」

ずるりと昂ぶりを引き抜かれ、体を仰向《あおむ》けに返された。状況《じょうきょう》を頭で理解するよりも先に、ヒューバートが覆《おお》い被《かぶ》さってくる。

「まだ欲しいんだろう？」

「！」

心の内を覗《のぞ》き込まれ、声を詰まらせる。眼鏡《めがね》を指で押し上げながら見下ろしてくるヒューバートの瞳《ひとみ》も、まだ熱を持っていた。

こんなこと許されるわけがない――そう思いながらも、ユーインは降りてくる口づけを受け止めた。

2

寝返《ねがえ》りを打つと、柔《やわ》らかな日差しが顔に当たるのを感じた。

「……ん……」

眩《まぶ》しさに眉根《まゆね》を寄せ、顔に手の甲を乗せて光を遮《さえぎ》る。再び眠《ねむ》りに身を委《ゆだ》ねかけたその瞬間、脳裏《のうり》に昨夜の行為《こうい》が浮かび、ユーインはベッドの上で勢いよく起き上がった。

「……ッ」

ユーインは一人で自分のベッドで寝《ね》ていた。蘇《よみがえ》ってきた生々しい記憶《きおく》に一気に体温が上昇《じょうしょう》し、そして、すぐに血の気が引いていく。

酒は残っていないようだったが、全身に気怠《けだる》さが残っている。

薬の副作用か、それとも『行為』の余韻《よいん》か――何もなかったかのように身綺麗《みぎれい》にはなっているけれど、体に残る違和感《いわかん》で昨夜の出来事は夢ではないのだとわかってしまった。

鮮明《せんめい》に残っている記憶や感触に堪《たま》らない気持ちになる。

重なる汗《あせ》ばんだ肌《はだ》、あちこちに触《ふ》れてくる指先、絡まる舌の熱さや捻《ね》じ込まれた欲望《よくぼう》の存在感。何もかもが生々しく残っている。

「～～～っ」

大声で叫《さけ》び出したいほどの羞恥《しゅうち》に襲《おそ》われる。

セックスがあんなに気持ちいいだなんて、初めて知った。体が蕩けて、形がなくなってしまうのではないかと思うほどだった。

触れ合う相手が違《ちが》うだけで、あんなにも感じ方が変わるなんて思ってもみなかった。けれど、それを知ってしまったことはユーインにとっては不幸なことだったかもしれない。

自分のされたことは取るに足らないことだと云《い》い聞かせて感情を押し殺してきたけれど、それが覆《くつがえ》されてしまったのだから。

過去の望まぬ経験を、いまは一層不快に感じる。だからと云って、悲劇の主人公になってただ嘆《なげ》いていても仕方がないことくらいわかっている。

言葉にならないほどの後悔《こうかい》を抱《かか》えつつも、ヒューバートに抱かれている間は幸せだと感じていたのも事実だ。

けれど、その幸せと引き替《か》えに幼い頃《ころ》から大事にしてきた相手を汚《けが》してしまった。ユーインは言葉にならないほどの罪悪感に押し潰《つぶ》されそうだった。

そもそも、ヒューバートはどうしてあんなことをしてきたのだろう。

頭に血が上ったからと云って愚《おろ》かなことをするような人間ではない。その理由だけがどうしてもわからなかった。

彼がユーインの投げやりな考え方に怒《おこ》っていたのはわかっている。正義感の強いヒューバートには許せなかったのだろう。

あんなにショックを受けていたのは、ユーインが本当の自分を隠《かく》し続けていたことにも原因があるかもしれない。

幼い頃のユーインは、純粋無垢《じゅんすいむく》な少年だった。純粋《じゅんすい》と云えば聞こえはいいけれど、裏を返せば人を疑うことを知らないお人好《ひとよ》しだということだ。

ヒューバートの中では、昔のままの世間知らずなイメージのままだったのだろう。

そんなふうなイメージを抱いている相手が、貞操《ていそう》を軽《かろ》んじるような発言をしたら誰《だれ》だって衝《しょう》撃《げき》を受けるに決まっている。

大事を招いてしまったのは、自分の軽率《けいそつ》な失言だ。後悔ならいくらでもできるけれど、それだけでは何も解決はしない。

これまでどおりのつき合いはできないかもしれないけれど、また一から信頼《しんらい》を積み上げていくしかない。そのためには早く気持ちを切り替えるべきだ。

時計に目を遣《や》ると、もうすぐ一コマ目の講義が始まろうかという時間だった。部屋の外から物音が聞こえてこないということは、ヒューバートは大学へ行ったのだろう。

シャワーを浴びて着替《きが》えようと、ベッドを抜《ぬ》け出そうとしたけれど、上手《うま》く立ち上がれなかった。

「あ、あれ……？」

　さすがにもうアルコールは抜けているはずだ。コントロールの利《き》かない自らの体に戸惑《とまど》ったけれど、すぐに原因に思い当たった。

　昨夜、ヒューバートに何度も抱《だ》かれたせいで疲弊《ひへい》しているのだろう。

　改めて赤面しかけたそのとき、すぐ近くで電話の着信音が鳴り響《ひび》いた。音の大きさに、びくりとなる。ヒューバートがユーインの携帯《けいたい》電話を近くに置いてくれていたようだ。

「ロイ……？」

　表示されている名前を確認《かくにん》したら、ヒューバートの弟のロイだった。彼もまた兄弟同然に育った。ユーインにとっても可愛《かわい》い弟のような存在だ。

　悩《なや》みごとの相談などは本当の兄のヒューバートよりもユーインのほうがしやすいらしく、何かあると頼《たよ》ってくる。メールではなく電話をかけてきたということは、何か話したいことがあるのだろう。

「どうかしましたか？」

『ごめん、いまいい？』

「構いませんよ。どうしたんですか？」

　むしろ、いまは昨夜の記憶から逃《のが》れるために気を紛《まぎ》らわせたかった。

『実はさ、彼女とケンカしちゃって』

「ケンカですか？　珍《めずら》しいことではないでしょう」

顔立ちはヒューバートとよく似ているけれど、ロイのほうが賑《にぎ》やかで表情豊かだ。

一言で云うと、静と動といった印象の対照的《たいしょう》な兄弟だ。

容姿もよく、人懐《ひとなつ》こい性格のロイは昔から女の子によくモテた。一桁《けた》の年齢《ねんれい》の頃から、ガールフレンドがいない時期はほとんどない。

確か、今回の子とも、相手から告白されてつき合うようになったと云っていたはずだ。先日の誕生パーティでは仲睦《なかむつ》まじくしている様子を微笑《ほほえ》ましく思ったものだ。

ロイが恋人《こいびと》とケンカしたり別れたりする原因は彼の分け隔《へだ》てない性格にあることが多い。誰にでも優《やさ》しく、親切だが、彼女になるとその性格が八方美人に思えるらしい。

それでも、子供の頃から夢中になっているベースボールと家族のことはほんの少し優先度が高いらしく、よく「私とどっちが大事なの？」と詰《つ》め寄られているようだ。

しかし、彼女とケンカしたくらいでわざわざ相談の電話をしてくるとは思えない。何か他《ほか》にも不安材料があるのだろう。

『実はさ、ユーインのことを誤解されたみたいなんだ。浮気《うわき》してるんじゃないかって』

「またですか？」

またと云ったのは、以前にも似たようなことがあったからだ。そのときは学校でロイのファンクラブを作ってる子たちに、どういう関係なのかと詰め寄られた。

幼なじみで兄弟のような関係なのだと説明しても、なかなか理解してもらえず苦労したものだ。あのときはリーダー格の女の子が転校したことでユーインへの風当たりは弱まっていったけれどそれまでは難儀《なんぎ》した。

『バースデーパーティのときの態度が怪《あや》しかったって云って怒ってるんだ』

「パーティのときですか？　あの日、何かありましたっけ？」

あの日はパーティを仕切っていた彼らの義母である玲子《れいこ》の手伝いをしていた。裏方にいることが多かったし、ロイとは普通《ふつう》に会話していた記憶しかない。

ただ、ロイは誰に対しても気さくでスキンシップ過多だが、家族に対してはより親密な態度を取る。長いつき合いのユーインに対しても同様だ。

きっと、そういった様子を初めて目にした彼女にとっては嫉妬《しっと》の対象にしか映らなかったのだろう。

『ユーインに話をつけるって云ってから連絡《れんらく》つかなくて』

どうやら、ロイは途方《とほう》に暮れて自分に連絡してきたようだ。彼女が捕《つか》まらないなら、ユーインのほうへ警告しておこうと思ったのだろう。

「でも、話をつけるってどうやって……」

『ケータイのアドレス帳を見られたっぽいんだ。妙《みょう》に行動力のある子だから、もしかしたらそっちに電話かけたり、押しかけたりするかもしれないと思って。迷惑《めいわく》かけることになったらごめん……』

「なるほど、話はわかりました。万が一、接触《せっしょく》があったら上手く話をしておきます」

『助かるよ、ユーイン』

ユーインの返事にロイはほっとした様子だが、自分が特別な関係ではないと説明したところで、果たして信じてもらえるだろうか。

何か説得に使える材料があればいいのだが、差し当たっては何も思いつかなかった。

「でも、どうやって説得しましょうか？　ロイの言葉だって信じてはもらえなかったんでしょう？」

『う―ん、そうなんだよな。頭に血が上ってるせいかもしれないけど、聞く耳持ってくれなくてさ』

「私のほうでもできる限りのことはしますが、一番大事なのは二人で話し合うことじゃないですか？　彼女の家に直接行ってみるとか……」

『行ったけど会ってもらえなかった。彼女のお母さんに「ほとぼりが冷めるの待ったら？」って云われた』

電話越《ご》しにため息が聞こえる。はたから見ればただの痴話《ちわ》ゲンカでも本人たちにとっては、世界をひっくり返すような一大事だ。

「彼女のお母さんの云うとおりかもしれませんね。時間を置けば彼女の態度も軟化《なんか》するかもしれませんし。メールがダメなら手紙はどうですか？」

『それいいかも！　でも俺、文章書くのって苦手なんだよな。字も下手《へた》だし』

「メールで書いたことをそのまま書けばいいんですよ。字が下手でも、気持ちが籠《こ》もっていればいいんですよ」

『そうだといいんだけど。ユーインに恋人がいれば話は早いんだけど……いま恋人いないよね？』

「残念ながら、独り身です」

決まった相手を作るつもりはない。一生、ヒューバートを支えていこうと決めている。自分の勝手な気持ちだけれど、それを曲げる気はなかった。

『だよなあ。いるなら、俺らが知らないわけないもんな』

「そうですよ。そんな相手がいたら、報告してます」

そういった意味でも、自分の家族よりもクロフォード家の面々のほうが心理的に近しい存在だ。彼らはユーインが思い描《えが》く理想の家族なのだ。

『ユーイン、モテそうなのにな。あ、好きな人もいないの？』

「い、いるわけないじゃないですか！」

声が上擦《うわず》ってしまった。どうもまだ調子が戻《もど》っていないようだ。普段《ふだん》ならこの程度のことで狼狽《うろた》えたりしないのだが、昨日のことが尾《お》を引いているらしい。

『ホントに？　怪しいなー』

動揺《どうよう》を見抜《みぬ》かれやすくなるという点を考えると、つき合いが長いのも善し悪《あ》しかもしれない。

とりあえず、これ以上の追及《ついきゅう》は避《さ》けるためにきっぱりと返す。

「いません」

『じゃあ、好きな人できたら絶対に教えてもらうからな。あ、でも、ユーインより綺麗《きれい》な人ってなかなかいないし仕方ないか。ユーインより男前ならすぐ近くにいるんだけど』

「は？」

『ほら、毎日顔合わせてるだろ？』

「……ヒューバートのことですか？」

『正解！』

突然《とつぜん》、ヒューバートを話に出され、ぎくりとした。

この会話が電話でよかった。直接顔を合わせていたら、確実に動揺したことに気づかれていただろう。ユーインはどうにか動揺を抑《おさ》え込み、質問を切り返す。

「どうしてそこでヒューバートの名前が出るんですか？」

『よく考えたら、生半可な相手にユーインは任せられないなと思って。その点、ヒューバートなら完璧《かんぺき》だろ？　カッコいいし、頭いいし、ちょっと頑固いけど性格もいいし、お似合いだと思うんだけどなあ』

「ロイ？　現実逃避《とうひ》をしたいのはわかりますが、いまは私の話をしてる場合じゃないでしょう。

あなたの問題を解決する話をしてるんですよ？」

諭《さと》すふりで話を逸《そ》らす。この話題を続けていたら、いつか墓穴《ぼけつ》を掘《ほ》りかねない。

『ごめんごめん、そうだった。あ、そういえば、ヒューバートは？　いまいないの？』

「あ、ええ、大学へ行ったかと」

『そっか。ユーインは今日講義ないの？』

「私は少し体調が優《すぐ》れなかったので」

事情を説明するのは難しかったため、差し障《さわ》りのない理由を口にした。

『え、マジで？　ごめん、具合悪いときに電話なんかしちゃって』

「いえ、大丈夫《だいじょうぶ》です。大事を取っただけですから」

『本当に？　あんまり無理するなよ。ユーインはそういうときすぐ我慢《がまん》するからな。あ、ヒューバートって何時くらいに戻るかわかる？　頼《たの》みたいことがあってさ』

「午後には戻ると思いますよ。帰ってきたら、折り返してもらいましょうか？」

そう訊《き》き返したそのとき、ノックもなしに部屋のドアが開いた。入ってきたヒューバートと目が合う。

「あ、すまない、起きてたのか」

「い、いいえ、大丈夫です。あの、大学へ行ったんじゃなかったんですか？」

咄嗟《とっさ》に電話のマイク部分を押さえ、ヒューバートに疑問を投げかける。

「いや、別の用事をすませてきただけだ」

「用事?」

「あとで説明する。電話の相手を放っておいていいのか?」

「え? あ、大丈夫です。ロイなので」

「……そうか」

何故《なぜ》か、ヒューバートは少し苦い顔になった。あまりに一瞬《いっしゅん》だったから、見間違《みまちが》えたのかもしれない。

「そうだ、ロイが頼みたいことがあるとかって云《い》ってました。ロイ、ヒューバートが帰ってきたから電話代わりますね」

さっきロイが云っていたことを思い出し、電話をヒューバートに差し出す。

「頼みたいこと? また面倒《めんどう》なことに巻き込まれてるんじゃないだろうな。——ロイ? 何だ、頼みごとって」

ヒューバートは億劫《おっくう》そうな態度を取りながらも、電話を受け取り耳に当てた。正反対の性格をしているように見える兄弟だが、仲はいい。

ロイは兄を尊敬しているし、ヒューバートもスポーツで才能を開花させた弟を誇《ほこ》りに思っているようだった。

「……全く、お前の困りごとはいつも女絡《がら》みだな」

ロイはヒューバートにも彼女とのケンカについて話しているらしい。ユーインと一緒《いっしょ》に暮らしている以上、説明は必要だろう。

しかし、ロイの頼みごととは何なのだろうか。わざわざヒューバートに頼むということは、ユーインにはできないことなのかもしれない。

「ああ、わかった。わかってる。それは俺がやるから大丈夫だ。ああ、何かあったら連絡《れんらく》する。それじゃあ、みんなによろしくな」

ヒューバートはロイからの依頼《いらい》を請《う》け合ったようだった。通話が切られた携帯《けいたい》電話を返されながら、体調を気遣《きづか》われた。

「――起きても平気なのか？」

「え？　はい、大丈夫です。あの、それでヒューバートは朝からどこに……？」

行き先が大学ではなかったということは、仕事の関係だろうか。ユーインの疑問に、ヒューバートは淡々《たんたん》とした様子で答えた。

「昨日の男に話を聞いてきた」

「会ってきたんですか!?」

ヒューバートの大胆《だいたん》な行動に驚《おどろ》き、思わず大きな声が出た。

そもそも、あの男はどこへ連れていかれたのだろう。ヒューバートの口振《くちぶ》りから察するに、警察に突《つ》き出されたのではないようだ。

「ああ。きちんと話を聞きたかったからな。心配するな、違法《いほう》なことはしていない。警察に突き出すのは、お前の気持ちを聞いてからにしようと思ってるだけだ。ユーイン、お前はどうしたい？」

「私は……二度と現れないでくれればそれでいいです……」

本当はすぐさま通報すべきだったのかもしれない。だが、こちらが被害者《ひがいしゃ》だとしても、警察沙汰《ざた》になれば醜聞《しゅうぶん》になってしまう。そんなことになって、ヒューバートの足を引っ張ることになるのだけは絶対に避けたかった。

「わかった。一生、お前の目に触《ふ》れないようにする」

どうやるのかは訊《き》かないほうがいい気がした。

「あの男は自主的に犯行を計画したのではなく、知らない相手からメールで指示されて行動を起こしたらしい。その証言の真偽《しんぎ》も含《ふく》めて、メールを送ってきたという相手のことをいま調べさせてる」

クロフォード家には懇意《こんい》にしている優秀《ゆうしゅう》な調査会社がある。そこに依頼したのかもしれない。

色々と疑問があったけれど、一つずつ整理していくことにした。

「つまり、誰《だれ》かが彼に私を襲《おそ》えと命じたということですか？」

「正確には唆《そそのか》されたというべきだな。お前の予定を調べ上げてリークし、パーティで酒に薬を盛るから、出てきたところを狙《ねら》えと云ってきたらしい」

「そんな……」

第三者から、そこまでの悪意を向けられる理由がわからない。正体の見えない憎悪《ぞうお》を感じ、背筋が震《ふる》えた。

気づかぬうちに恨《うら》みを買っている可能性はある。だとしても、自分の手は汚《よご》さず他人を操《あやつ》り危害を加えようとするなんて卑劣《ひれつ》だとしか云いようがない。

「何にせよ、昨日の男は今後お前に近づくことはないはずだ。万が一見かけることがあったら、すぐ俺に報告しろ。いいな？」

「は、はい」

近づくことはないと云いきる根拠《こんきょ》を口にしていないけれど、無茶《むちゃ》なことをしてきたのではないだろうかと心配になる。

ヒューバートには自分のために危険な真似《まね》をして欲しくない。いつもなら無茶をするなと説教をするところだが、元々の原因を作ったのはユーインだ。いまは気をつけろと云える立場ではないという自覚はあったため、押し黙《だま》った。

「とりあえず、犯人が捕《つか》まるまで外では俺と行動を共にしてもらう。絶対に一人で出歩くな。スケジュールが合わないときはボディガードをつける」

「え!?　そんな、大袈裟《おおげさ》ですよ」

幼少の頃《ころ》から現在まで誰よりも行動を共にしてきた。けれど、一夜の過《あやま》ちだとしても関係を持ってしまったいまは気まずすぎる。

「その油断が危険を招くんだ。未遂《みすい》だったとは云え、危ない目に遭《あ》ったのは事実だろう。素面《しらふ》ならあんな男に隙《すき》を突かれることはなかったはずだ」

「…………」

正論を云われ、反論できない。確かにヒューバートの云うとおりだ。危険を招いた一因には、ユーインの不用意な行動もある。

「真犯人の目的がわかるまでは慎重《しんちょう》に行動すべきだ。俺たちに何かあれば、大勢に迷惑《めいわく》がかかる。それはお前もわかってるだろう？」

「……はい」

ヒューバートの云いたいことはわかる。ヒューバートはクロフォード・グローバルの御曹司《おんぞうし》、自分もウォングループの血縁《けつえん》だ。

幼い頃は、それこそ誘拐《ゆうかい》対策として送迎《そうげい》という名のボディガードがついていた。実際、間一《かんいっ》髪《ぱつ》という状況《じょうきょう》に遭ったこともある。

とくに気の弱そうなユーインは御《ぎょ》しやすいと思われるのか、ターゲットにされることが多かった。

そのため、最低限の護身術は習わされたけれど、あまり適性がなかったらしくさほど上達しなかった。同時に始めたヒューバートは、いまでは柔術《じゅうじゅつ》の黒帯を持つようになった。

ユーインが一人で出歩くよりは、ヒューバートと二人でいたほうが確実に安全だろう。

「犯人が見つかるまでの間のことだ。息苦しいとは思うが受け入れてくれ」

心配してくれているヒューバートにノーとは云えない。

彼の気持ちもわかるし、家の事情を考えればそうするべきだ。自分の気持ちを優先して、我が儘《まま》を云うわけにはいかない。

「わかりました。ヒューバートの指示どおりにします」

「すまないな」

「ヒューバートが謝ることではありません」

そう云うと、ヒューバートはふっと表情を曇《くも》らせた。

「ヒューバート？」

「もう一つ、謝らなければならないことがあるな」

「――――」

神妙《しんみょう》な様子に身構える。重い沈黙《ちんもく》のあと、ヒューバートは苦々しく切り出した。

「……昨日はすまなかった」

やはり、思ったとおりの話題だった。とうとう避《さ》けていた話題になったことに、ユーインは俯《うつむ》く。昨夜の自分を思い返したら、ヒューバートの顔が見られなくなった。

どういうつもりで自分のことを抱《だ》いたのかはわからないけれど、表情を曇らせているということは罪悪感を抱いているということだろう。

しかし、ユーインはヒューバートに非があるとは思っていない。軽はずみな行動で隙を作り、危険を招いてしまったのは自分自身だし、ヒューバートが怒《おこ》ったのはユーインの口にした不用意な発言が原因だ。ヒューバートは何も悪くない。

ユーインの気持ちを知れば、ヒューバートは昨夜のことをさらに気に病《や》むだろう。そうならないためにも、絶対に隠《かく》し通さなければならない。

「い、いえ、私のほうこそご迷惑をおかけしました」

ダメだと云《い》いながらも浅ましく乱れた自分を見て、ヒューバートはどう思っただろう。

「どうして、お前が気に病む必要がある？　お前は何も悪くない」

「……っ」

頭を撫《な》でてくれるヒューバートの手の平の感触《かんしょく》に、無性《むしょう》に泣きたくなる。こんなに優《やさ》しい人を汚してしまったのかと思うと、胸が痛くなった。

「ユーイン、お前に云っておきたいことがある」

「云っておきたいこと……？」

改まって何を云おうというのだろう。ここで三行半《みくだりはん》を突きつけられてもおかしくはない。いますぐに距離《きょり》を取るのは難しいけれど、今回の件が片づけばどうとでもなる。

ヒューバートは珍《めずら》しく緊張《きんちょう》しているようにも見える。

じっと見つめてくる眼差《まなざ》しが気まずくて目を逸《そ》らしたくなったけれど、ぐっと堪《こら》える。話を聞くときに相手の目を見るのが礼儀《れいぎ》だと思うからだ。

何を云われても狼狽《うろた》えないようにしよう。そう心に誓《ちか》い、ヒューバートの言葉を待った。

「――お前が好きだ」

「……は？」

不意打ちの告白に面食《めんく》らった。突拍子《とっぴょうし》もない発言の意味を考えようとしたけれど、頭が真っ白になっていた。

混乱し、思考回路が停止しているユーインにヒューバートはさらに言葉を重ねた。

「ずっとお前のことが好きだった。こんなタイミングで云うつもりはなかったんだが、あんなことになった以上、もう隠してはおけない」

「ちょ、ちょっと待って下さい」

さらに言葉を重ねようとするヒューバートを制止する。頭がついていかない。

「何を待てばいいんだ？　俺の気持ちを口にすることか？　それとも、お前の返事をか？」

「それは、その……」

自分でも何が何だかわからない。ヒューバートの真摯《しんし》な告白に、ユーインはパニックに陥《おちい》っていた。好意が嬉《うれ》しくないわけではない。むしろ、死んでもいいくらい嬉しい。けれど、それ以上に動揺《どうよう》していた。

できることなら何もかもなかったことにしたい。時間を一昨日《おととい》まで巻き戻《もど》せたらと不可能な願いを抱いてしまう。だけど、もう取り返しはつかないのだ。

「あ、あの、ヒューバートは責任を感じてるんですよね？　無理にそんなことを云わなくてもいいんですよ？」

ヒューバートは確かにユーインを好きだと云った。もしも、ユーインの気持ちがバレてしまっていたとしたら、それは責任感から来た言葉の可能性もある。

無理矢理《むりやり》抱かれているはずなのに、あれだけ乱れていては隠しようもなかっただろう。

「罪悪感から云ってるわけじゃない。昨日、お前を抱いたのは誰《だれ》に抱かれても同じだなんて云われて頭に血が上ったせいだ。俺は他《ほか》のやつとは違《ちが》うと証明したかった」

「……っ」

ヒューバートのその言葉は、愛の告白よりも衝撃《しょうげき》だった。

「じゃあ、本当に……？」

「お前が好きなんだ」

「……っ」

何度も好きだと云われて、頭の中が沸騰《ふっとう》しそうだった。これが夢だとしても、贅沢《ぜいたく》すぎるくらいだ。もうこれで充分《じゅうぶん》すぎる幸せをもらった。

ヒューバートと添《そ》い遂《と》げるパートナーに、ユーインでは不釣《つ》り合いだ。将来、彼は跡取《あとと》りとしても相応《ふさわ》しい配偶者《はいぐうしゃ》と添うべきだし、跡継《あとつ》ぎを作る義務もある。

彼らの父は好きなことをしろと息子《むすこ》たちに云っているけれど、同じ道を歩もうとしているヒューバートを喜ばしく思っているのは誰が見ても明白だ。

「だからと云って、俺がしたことは許されるようなことじゃない。責任は取る。訴《うった》えてくれても構わない」

「訴えるなんて、そんなことするわけないじゃないですか！」

ヒューバートが想像以上に自らを責めていることを知り、ユーインは青くなった。

「それなら、許してくれるのか？」

「許すも何も怒ってなんかいません！　昨日のことは私のせいですから……」

フォローのつもりの言葉だったのに、ヒューバートは悲しそうな苦笑《にがわら》いを浮《う》かべた。

「お前は自分を責めてばかりだな」

「……っ」

「すまない、やっぱりお前を困らせることになってしまったな。もし俺の気持ちが迷惑なら、忘れてくれて構わない」

「迷惑だなんて、そんな――」

そんなふうには思っていない。だけど、ヒューバートの気持ちに応《こた》えることもできない。ユーインは云うべき言葉が見つけられず、押し黙《だま》った。

そんなユーインに、ヒューバートはぽつりと呟《つぶや》く。

「ロイならよかったのにな」

「どういう意味ですか？」

不可解な呟きに、目を瞬《しばたた》く。そんな反応を示したユーインを見て、ヒューバートも怪訝《けげん》な顔になった。

「お前はロイが好きなんだろ？」

「ち、ちが……っ」

どうして、そんな勘違《かんちが》いをされたのだろう。心当たりが思いつかず、混乱する。

「ごまかさなくていい、わかってるから。心配しなくても、あいつに云うつもりはない」

誤解を解かなければと咄嗟《とっさ》に思ったけれど、本当の気持ちを云うわけにはいかない。ロイに伝える気はないようだし、自分の気持ちがバレるよりはこのまま誤解されていたほうがいいかもしれない。

ユーインが黙り込んでいるのを、ヒューバートは肯定《こうてい》の意味に取ったようだ。

「ところで、ロイに頼《たの》まれたことだが――お前はそれでいいのか？」

「何の話ですか？」

苦い表情で確認《かくにん》される。話が見えずに怪訝な顔をすると、ヒューバートは眉根《まゆね》を寄せつつ説明してくれた。

「あいつの彼女の誤解を解くために、俺と恋人《こいびと》のふりをするんだろう？　ユーインには了承《りょうしょう》を取ったと云われたが違うのか？」

ヒューバートとの電話で、ロイは勝手に話を進めていたらしい。あのとき、そんな頼みごとをしていたなんて、想像もしていなかった。

「い、いえ、違いません」

「気が進まないというのなら、俺から断っておくが……」

ユーインが戸惑《とまど》っているのは、ロイの依頼《いらい》に乗り気ではないせいだと思われたようだ。

「大丈夫《だいじょうぶ》です！　ちゃんとできます」

「そうか」

むしろ、ここで拒《こば》んだりしたらヒューバートを意識していることが露見《ろけん》しかねない。

ヒューバートへの気持ちに気づかれないようにするには、ロイを好きなのだと思い込んだままでいてもらうのは好都合だ。

ロイには申し訳ないけれど、彼女との仲を取り持つ引き替《か》えだと云えば許してくれるはずだ。

「他にロイは何か云っていましたか？」

「状況《じょうきょう》が見えたら連絡《れんらく》をすると云っていた。この件について、一つ俺から提案がある」

「提案……？」

「恋人のふりをするなら、普段《ふだん》からそう振《ふ》る舞《ま》っておいたほうがいいんじゃないか？　彼女がどんな形で接触《せっしょく》してくるかわからない以上、隙《すき》を作るべきではないだろう。その場限りの嘘《うそ》で騙《だま》して、あとでそれがバレたら余計に拗《こじ》れかねない」

「確かに……」

出任せでごまかす気だったのかと責められでもしたら、取り返しのつかないことになってしまう。しかし、普段からとなると自分たちの生活にも影響《えいきょう》してくるのではないだろうか。

「それに昨日の件の黒幕をあぶり出すには俺たちが犯人を捜《さが》していると知られないほうが都合がいい。恋人なら一緒《いっしょ》にいる時間が増える理由になる」

「ヒューバートの提案は効果的だとは思うんですが、周りの人たちにはどう説明するんですか？」

「つき合い始めたと云《い》えばいいだろう。全《すべ》てが解決したら、別れたことにすればいい」

「でも、それじゃあなたの経歴が――」

世間の偏見《へんけん》が減ってきているとは云《い》え、大企業《だいきぎょう》の経営者に同性の恋人がいたとなれば、取り引きに差し障《さわ》りが出るかもしれない。将来の心配をしているユーインに、ヒューバートは苦笑いを浮かべた。

「さっきの話をもう忘れたのか？　俺はお前が好きだと云ったただろう。恋人のふりでなくても構わないんだが？」

「……っ」

「そんな顔をしなくてもいい。無理強《むりじ》いをするつもりはない。どうする？　やめておくか？」

ヒューバートは、飽《あ》くまでユーインに決断を求めてくる。

「――いえ、やります」

悩《なや》みに悩んだ末、意を決してそう告げた。

「なら、今日から俺はお前の『恋人』ということでいいな？」

恋人――その言葉の響《ひび》きに胸が震《ふる》える。

「……はい」

「契約《けいやく》成立だ」

ユーインは、差し出された手を躊躇《ためら》いがちに握《にぎ》る。この瞬間《しゅんかん》、契約は結ばれた。ヒューバートの手の平は、いつもより熱い気がした。

3

『恋人』になったヒューバートは、完璧《かんぺき》だった。紳士《しんし》的で優《やさ》しくて、ときどき甘い言葉も口にする。

ヒューバートは元々誰《だれ》に対しても平等で親切ではあるけれど、ロイとは違《ちが》ってスキンシップの多いタイプではなかった。

なのに、あの契約を交《か》わしてからは恋人を装うためと云いながら、ことあるごとに触《ふ》れ、愛を囁《ささや》いてくる。

幼い頃《ころ》から一緒にいることには慣れていると云っても、肌《はだ》に触れられれば否応《いやおう》なく意識してしまう。

偽《いつわ》りの関係に胸を痛めつつも、ユーインはさらに恋心《こいごころ》を募《つの》らせていくことになった。

「講義が終わったら、俺が来るまで教室で待っていろ」

「わかりました」

何度も云い聞かせられた注意を繰《く》り返される。心配してくれる気持ちはありがたいけれど、些《いささ》か過保護すぎるようにも思えた。

「絶対に一人になるなよ」

「……っ、はい」

肩《かた》に触れられ、びくりとする。ユーインは動揺《どうよう》を抑《おさ》え、必死にポーカーフェイスを作る。この程度の接触でいちいち反応していたら怪《あや》しまれるし、第一身が持たない。スキンシップには慣れていくしかないだろう。

「おはよー。何してんだ、こんなとこで。ヒューバートもこの講義取ってたっけ？」

声をかけてきたのは、友人のジェレミーだ。彼は入学当時からの友人で、自分たちの家柄《いえがら》を知っても態度を変えずにつき合ってくれている一人だった。

長身でがっちりとした体格で、いつでも明るいムードメーカーだ。

「ユーインを送ってきただけだ。じゃあ、俺は行くから何かあったらすぐ連絡しろ」

「はい」

「おう、またあとでな」

後ろ髪《がみ》を引かれている様子で踵《きびす》を返し、立ち去っていくヒューバートの後ろ姿をジェレミーと二人で見送る。

「ヒューバートと何かあった？」

「え？」

何気ない問いかけに、ユーインの心臓は大きく跳《は》ねた。

「だってさ、ヒューバートがわざわざ教室まで送ってくるなんて、いままでなかったからさ。

あ、もしかして、とうとうくっついたのか？」

ジェレミーは、意外に鋭《するど》いところを突《つ》いてきた。

「いえ――ええ、まあ、そんなところです……」

恋人のふりをしているだけだと説明しようとしかけて、思い止《とど》まった。本当のことを話せば、トラブルに巻き込むことになるかもしれない。

友人に真実を話せないのは心苦しかったけれど、ユーインはジェレミーに対して曖昧《あいまい》に笑うことしかできなかった。

「そりゃめでたいな！　今夜は祝杯《しゅくはい》上げに行くか？」

ユーインの返事に、ジェレミーはテンションを上げた。まるで、自分のことのように喜んでいる。

「あの、でも『とうとう』って……？」

ジェレミーの言葉を反芻《はんすう》し、引っかかっていた部分を訊《たず》ねてみた。

「だって、ヒューバートとユーインって長年連れ添《そ》ってる夫婦《ふうふ》みたいじゃん。何も云わなくても通じ合ってる感じでさ」

「それは幼なじみですし」

「それだけじゃない空気感っていうのか？　友達同士って感じじゃないし、かと云ってイチャイチャしてるわけじゃないし。いつまでもたもたしてんだよって気がかりだったんだよな」

「――」

ジェレミーからはそんなふうに見えていたのかと、驚《おどろ》くばかりだった。そんなに自分たちの気持ちはわかりやすく漏《も》れていたのだろうか。

「まあ、収まるところに収まってよかったよ。で、恋人《こいびと》になった途端《とたん》、独占欲《どくせんよく》強くなっちゃったってわけ？」

「さあ、どうでしょうか」

ここは笑ってごまかすしかない。これ以上追及《ついきゅう》されたら苦しかったけれど、ジェレミーはあっさりと話題を変えてくれて胸《むね》を撫《な》で下ろした。

「そういえば、この間は大丈夫《だいじょうぶ》だったか？」

「この間？」

「先週の教授のバースデーパーティの日のことだよ。気分悪くなって先に帰っただろう？」

「あのときはヒューバートが迎《むか》えに来てくれましたから大丈夫でした」

あの夜のことが頭を過《よぎ》って胸がざわついたけれど、動揺を抑えて笑《え》みを浮《う》かべる。全てを伝えて心配させる必要はない。

「そっか、それならよかった。実は心配してたんだ」

「気にかけてくれてありがとうございます。あれ？　でも、ジェレミーは私よりも先に帰りましたよね？　どうして私が気分が悪くなったことを知ってるんですか？」

「ああ、教授から電話が来たんだよ。俺が直前に帰ったから引き返してユーインを送ってやってくれって。すれ違いになったみたいだけどな」

「そうだったんですか。教授にも心配をかけてしまったお詫《わ》びをしないと……」

「そんな気にしなくていいんじゃね？　元気な顔見せときゃ問題ないって。あ、やべ、席につかないと」

教室に講師が入ってきたため、話は途中《とちゅう》で切り上げることになった。

豪奢《ごうしゃ》なシャンデリアに、モダンなインテリア。あちこちに飾《かざ》られた花は有名なフラワーアーティストがプロデュースしたらしい。

今日はヒューバートのお供で、レストランのオープニングパーティに参加している。このレストランはクロフォード家に長年勤めていた人物が長く温めていた夢を形にした集大成だ。陰《かげ》ながら、ヒューバートの父が手助けをしたと聞いている。

華《はな》やかに着飾《きかざ》った客たちは、三つ星レストランから引き抜《ぬ》いてきたシェフの作る料理に舌《した》鼓《つづみ》を打ちながら楽しげに歓談《かんだん》している。

幼い頃からこういう席にはよく連れてこられて育ったけれど、大人たちの上辺をなぞるだけの薄《うす》っぺらい会話は好きになれない。愛想《あいそ》笑いを浮かべる術《すべ》は身につけていても、どうしても虚《むな》しさを感じてしまう。

ウォン家では親族が大勢参加する会食が多かった。家族水入らずで食事をする機会はあまりなかったため、クロフォード家の家族団欒《だんらん》が羨《うらや》ましかった。

そんなユーインの気持ちを知っていたのか、ヒューバートたちの父、ウィルはユーインを息子《むすこ》のように扱《あつか》ってくれた。

幼い頃に子供らしい体験がたくさんできたのは、彼のお陰だ。

ウィルが焼いてくれるバーベキューの味は絶品で、高級料理店で出される食事よりずっと美味《おい》しかった。

ヒューバートはすでに顔が売れているらしく、さっきから何人にも声をかけられている。その中には秋波を送っている女性も少なくなかった。

食べるものを取りに行ったはずなのに、次から次に話しかけられ、なかなかユーインの元へと戻《もど》ってこられないようだ。いまは大胆《だいたん》なカクテルドレスを纏《まと》う女性二人に捕《つか》まっている。

彼女たちが親しげにヒューバートの腕《うで》に触れる様子に、ざらりとした不快感を覚える。嫉妬《しっと》する権利など自分にはないとわかっていても、負の感情が込み上げてくるのは理性ではどうしようもなかった。

こうしたパーティに参加するのは、人脈を広げるためもある。どんな話の中に商談のきっかけや、駆《か》け引きが含《ふく》まれているかわからない。

ユーインは邪魔《じゃま》をしないよう、一歩引いたところで待つことにした。

自分を狙《ねら》っている犯人がどこにいるともわからないが、少なくとも今日ここにいるのはレストラン側から招待された身元のしっかりした人物ばかりだ。出入り口には武器を携帯《けいたい》したセキュリティも立っているのだから会場内にいるぶんには安全なはずだ。

「こんばんは。お一人ですか?」

「……私ですか?」

ぼんやりとしていたせいで、最初は自分に話しかけられているとは気づかなかった。

振《ふ》り返ると、仕立てのいいスーツに身を包んだ長身で赤毛の男性がにこやかな笑みを浮かべて、そこに立っていた。目尻《めじり》の下がった甘い顔立ちと人懐《ひとなつ》こい笑みは大型犬を思わせる。

見たところ、ユーインと同じくらいの年頃《としごろ》のようだ。

「ええ、実はさっきからあなたのことが気になってて。どなたかとご一緒《いっしょ》のようなら遠慮《えんりょ》しようかと思ったんですが、退屈《たいくつ》そうにされてたので思い切って声をかけさせてもらいました。グラスが空のようですが、シャンパンはいかがですか?」

「あ、いえ、お酒はちょっと……」

「だったら、ノンアルコールのカクテルがいいかな。君、ちょっと」

男は通りかかったウェイターを呼び止め、カクテルを頼《たの》んでくれる。すぐに柑橘《かんきつ》系の香《かお》りが

する細長いグラスが運ばれてきた。

「どうぞ」

「ありがとうございます。あの、あなたは？」

招待客の一人だということは、それなりの身元だということだ。だとしても、素性《すじよう》はきちんと知っておくべきだろう。

「ああ、失礼。僕はロバート・クラーク。C&Dのチーフエンジニアをやってます。僕のことはロバートと呼んで下さい」

ロバートと名乗った彼が差し出した名刺《めいし》に記された社名のロゴは、このところよく目にする。数ヶ月前に上場したばかりの新進気鋭《きえい》のIT企業《きぎよう》だ。システムのほとんどはチーフエンジニアの手によるものだと聞いている。

「あのロバート・クラークですか？　こんなにお若い方だとは思いませんでした」

彼らの名前はどちらも知れ渡《わた》っているけれど、表に出てくるのは共同経営者ばかりだ。事業を一緒に立ち上げたチーフエンジニアの話はほとんど聞かなかった。

引きこもりのギークだという噂《うわさ》もあったけれど、本人を見る限り、気さくな好青年という印象だ。

「僕のことをご存じでしたか。嬉《うれ》しいな、あなたのように素敵《すてき》な人に知ってもらえてたなんて。よければ僕も名前を教えていただいていいですか？」

「失礼しました。私はユーイン・ウォンといいます」

右手を差し出して握手《あくしゅ》を交《か》わすと、ロバートは子供のように無邪気《むじゃき》な笑顔を浮かべた。さっきから何かに似ていると思っていたけれど、いまわかった。クロフォード家の別荘《べっそう》の隣家《りんか》で飼われていたセントバーナードだ。

「いい名前ですね！　ユーインと呼んで構いませんか？」

「ええ、もちろん」

「ところで、不躾《ぶしつけ》な質問かもしれませんが、もしかしてウォングループと関《かか》わりが？」

「はい、祖父が総裁をしています。と云《い》っても、私はただの学生ですが……」

ユーインの後ろ盾《だて》は立派なものだ。ウォン家の名前を出しただけで、色眼鏡《いろめがね》で見られることも少なくない。どういう反応をされるかと身構えたけれど、ロバートにはそれ以上の反応は見られなかった。

「こちらにはご家族といらしたんですか？」

「いえ、今日は――」

ヒューバートのことを話そうとしたそのとき、肩《かた》に誰《だれ》かの手が触《ふ》れた。

「待たせたな、ユーイン」

「ヒューバート！」

女性たちと話していたはずのヒューバートが、いつの間にか戻ってきていたようだ。わざとらしく顔を寄せて、問いかけてくる。

「こちらの方は？　よかったら、紹介《しょうかい》してくれないか」

「あ、はい。彼は……」

ユーインの言葉を引き取り、ロバートが自己紹介をする。

「僕はロバート・クラーク。C&DのCEO兼《けん》チーフエンジニアです。あなたのことは存じてますよ。経済界の若き獅子《しし》、ヒューバート・クロフォードと会えるなんて思わなかったな」

ロバートが口にした二つ名のようなものは、経済誌にインタビューされたときに勝手につけられた煽《あお》り文句だ。

ヒューバートは父親の仕事を手伝っているが、いまは若い個人投資家としての立場のほうが有名かもしれない。

あの記事が出てから、ヒューバートは一気に名が知れた。本人はその煽りに思い切り渋《しぶ》い顔をしていたけれど。

「俺もIT界の寵児《ちょうじ》に会えて嬉しいよ。俺のことはヒューバートと呼んでくれ」

二人は固い握手を交わす。

「僕のこともロバートと呼んでくれると嬉しい。ところで、ヒューバートとユーインはどういう関係なんだい？」

いきなり核心《かくしん》を突《つ》く質問が来た。一瞬《いっしゅん》、動揺《どうよう》しかけたけれど、後ろめたさを感じる必要なんてないと思い直す。不慮《ふりょ》の出来事があって関係を持ってしまったが、幼なじみには変わりがないのだから。

「私たちは幼なじみなんです。いまは大学の同級生で――」

「恋人《こいびと》同士だ」

「ヒューバート⁉」

ユーインの言葉を遮《さえぎ》るようにして云われた言葉にぎょっとした。初対面のロバートにそんなことを云うなんてと目を剥《む》いていたら、尤《もっと》もらしい理由を告げられた。

「彼なら信頼《しんらい》できると思ったから話したんだ。人を見る目には自信がある」

ヒューバートの言葉にロバートは一瞬《いっしゅん》虚《きょ》を衝《つ》かれた様子だったが、すぐに笑顔《えがお》に戻った。

「僕も愛の形に決まりはないと思ってるよ。僕自身、あまり性別に拘《こだわ》りがあるほうじゃないしね。ユーインがフリーだったら、口説いてたところだよ」

「すみません、気を遣《つか》わせてしまって……」

「いや、大事なことを教えてもらえて嬉しかった。おっと、そろそろ帰らないといけない時間みたいだ」

ロバートは腕時計《うでどけい》に目を落とし、残念そうに肩を竦《すく》める。

「もうお帰りですか？」

「これから約束があるんだ。せっかく知り合えたのにごめんね。よかったら、今度三人で食事でも」

「ええ、それは是非《ぜひ》」

「それじゃあ、パーティ楽しんで！」

にこやかな笑みを浮《う》かべていたけれど、踵《きびす》を返したあとの後ろ姿はさっきよりも元気がないように見えた。

「ヒューバート。どうして彼にあんなこと云ったんですか？」

彼が信用できる人間だとしても、いきなりあんなことを云われたら気を遣うに決まっている。

「牽制《けんせい》に決まってるだろう」

「は？」

「自分でも、フリーだったら口説いてたと云ってただろう」

「あれは冗談《じょうだん》でしょう」

笑おうとしたら、ヒューバートに大袈裟《おおげさ》なため息を吐《つ》かれた。スクエアの眼鏡フレームを押し上げながら、肩を竦める。

「普段《ふだん》は勘《かん》がいいくせに、ヘンなところは鈍《にぶ》いな。どう見たってお前に気があって声かけてただろう。気づいてなかったのか？」

「まさか……」

「綺麗《きれい》だとか美人だとか云われなかったか？」

「似たようなことは云われましたけど……」

過分な褒《ほ》め言葉をもらったが、どれもリップサービスだと思っていた。

「やっぱりな。個人的にはいいやつなんだろうとは思うが、俺が『恋人』の間は余所見《よそみ》をするな。俺だけを見ていればいい。いいな？」

「だったら、ちゃんと見張っていて下さい。私を一人にしたのはヒューバートでしょう？」

束縛《そくばく》されるのは悪い気分はしない。むしろ、嬉しくさえ思ってしまう。だけど、そんな喜びを表に出すわけにはいかず、つい挑発《ちょうはつ》的な態度を取ってしまった。

「わかった、今後は気をつける。絶対に一人にはしない」

「……ッ」

顎《あご》を指でそっと撫《な》でられ、ぞくりと肌《はだ》が震《ふる》える。ユーインはすんでのところで、零《こぼ》れそうになる吐息《といき》を呑《の》み込んだ。

濃厚《のうこう》になりかけた雰囲気《ふんいき》は、ヒューバートの問いかけで霧散《むさん》した。

「――ところで、ちゃんと食べてるか？　三つ星のシェフを引き抜《ぬ》いてきただけあって、この食事は美味《うま》いぞ」

「あ、はい。いただいてます」

近くのテーブルにあったキッシュを一つ二つ摘《つま》んだだけだが、それ以上の食欲《しょくよく》は湧《わ》かなかった。多分、あまり食べていないことはヒューバートには見抜《みぬ》かれているだろう。

「デザートはどうだ？　果物なら食欲がなくても食べられるだろ」

「あ……ありがとうございます」

ヒューバートは果物が盛られた小さなカクテルグラスを持ってきてくれていた。イチゴやラズベリー、ブルーベリーなどの盛り合わせのようだ。

受け取ったのはいいものの、ユーインの手にはソフトドリンクのグラスがあり、両手が埋《う》まってしまった。近くにグラスを置く場所がないだろうかと見回していたら、目の前にイチゴが現れた。

「ほら」

ヒューバートは手ずから食べさせてくれるつもりらしい。

「グラスを持っていただければ、自分で食べられますから」

「このほうが早いだろう」

「じゃ、じゃあ、いただきます……」

厚意《こうい》を無下にするわけにもいかず、恥《は》ずかしさを押し殺しながら口を開いた。こうやって、誰かに食べさせてもらうなんて、それこそ幼児の頃《ころ》以来だ。ヒューバートの指先が微《かす》かに唇《くちびる》に触《ふ》れ、ぞくりと背筋が戦《おのの》いた。

動揺しながら咀嚼《そしゃく》すると、甘酸《ず》っぱい香《かお》りが口の中に広がったが、緊張《きんちょう》のあまり味はよくわからなかった。

「美味いか？」

「あ、はい」

さすがによくわからないとは答えられない。何気ない問いかけにうっかり頷《うなず》いたら、またイチゴが口元に差し出された。

「あの、自分で食べられますから」

「遠慮《えんりょ》するな」

決して遠慮しているわけではないのだがと思いつつ、押しに負けて再び口を開いてしまった。これではまるで、本当に恋人同士のような振《ふ》る舞《ま》いだ。

誰《だれ》も自分たちに注目などしていないと頭でわかっていても、見られているのではないかとドキドキしてしまう。

「ヒューバートは食べないんですか？」

「食べさせてくれるのか？」

「……っ、ヒューバートは自分で食べられるじゃないですか」

「残念。少し期待したのにな」

ヒューバートは肩《かた》を竦め、イチゴを一つ口の中に放り込む。咀嚼する口元に目が行き、キスの感触《かんしょく》を思い出してしまう。

こんなときに何を考えているのだと、内心で自分を叱咤《しった》する。けれど、一度蘇《よみがえ》ってきた記憶《きおく》を頭の中から消し去るのは難しかった。

動揺を押し隠《かく》そうと、無理矢理《むりやり》話題を変えることにした。

「そういえば、どうしてスーツではいけなかったんですか？」

今日のユーインは、曾祖父《そうそふ》が亡《な》くなる前に仕立ててくれた正装を身に着けている。緋色《ひいろ》のシルクの生地《きじ》に同色で細かな刺繍《ししゅう》が施《ほどこ》された一品だ。初めて身に着けたときは少し大きかったけれど、いまでは袖《そで》も裾《すそ》もぴったりだ。

一族が集まる席で何度か身に着けたことはあるけれど、こうした立食パーティではスーツやタキシードを着ることが常だった。

「今日は父の名代だ。礼を尽《つ》くして当然だろう？」

「ですが……」

スーツやタキシード、カクテルドレスを着ている来客も多いが、カジュアルな格好をしている人物もちらほら見かける。そんな中でも、ユーインの姿はとくに目立っていた。

「何か問題か？」

「少し目立っているような気がして……」

「それは着ているもののせいじゃない。お前が目を引いているだけだ。本当によく似合ってる。明るい色のほうが、お前の黒髪《くろかみ》がよく映《は》える」

「あ、ありがとうございます」

ストレートな褒め言葉に、顔が熱くなる。ヒューバートは以前からユーインの髪をとくに褒めてくれる。あまり短くすると似合わないということもあるけれど、少し長めにしているのはヒューバートが気に入ってくれているからだ。

じっと見つめてくる眼差《まなざ》しが気恥《きは》ずかしくて俯《うつむ》いてしまう。顔を上げると目が合ってしまうため、前を向けなかった。

ヒューバートのネクタイの柄《がら》ばかり見ていたら、背後から名前を呼ばれた。

「ユーイン？」

「――――」

覚えのある声音《こわね》に血の気が引く。まさか、と思いながらもユーインは顔を強張《こわば》らせた。

「奇遇《きぐう》だなあ、ユーインじゃないか」

「伯父《おじ》様……」

声をかけてきたのは、伯父のリーだった。青くなっているユーインとは対照的に、彼は上機《じょうき》嫌《げん》で背中に触れてくる。

「久しぶりだな、元気そうで何よりだ。少し大人っぽくなったみたいだな。相変わらず綺麗な肌をしてる」

「……っ」

這《は》い上がってくる恐怖《きょうふ》と生々しく蘇る不快感。自分をいいように陵辱《りょうじょく》し、トラウマを植えつけたのはこの男だった。時間と共に屈辱《くつじょく》的な記憶を過去にできたと思っていたけれど、実際はそう思い込んでいただけだった。

怒《いか》りや憎《にく》しみでいっぱいなのに、どうしても体が動かず、伯父のその手を振《はら》り払えない。嫌《けん》悪感《おかん》に吐《は》き気を覚えながらも、まるで体が凍《こお》りついてしまったかのようだった。

伯父は父の姉の婿《むこ》で、野心家で狡猾《こうかつ》な男だ。感心するくらい外面《そとづら》がよく、権力者に取り入るのがとても上手《うま》い。

彼を前にして体が強張るのは、あの一年で恐怖を植えつけられてしまったせいだろう。

「どうしたんだ？」

「ヒューバート……」

情けないことに、思わず縋《すが》るような眼差しを向けてしまった。ヒューバートはユーインの様子に、異常事態を察したのだろう。さりげなく立ち位置を入れ替《か》えてくれたお陰《かげ》で、伯父と距《きょ》離《り》を取ることができた。

「ユーインの伯父上じゃないですか。ご無沙汰《ぶさた》しています」

「おお、君はクロフォードの長男だろう？　いやいや、君も見違《みちが》えたよ。昔はこんなに小さかったのになあ」

「以前、お会いしたのは十年以上前のことですからね」

「そうだった、そうだった。あれはお祖父《じい》様の誕生祝いだったかな」

ヒューバートの背に庇《かば》ってもらい、ようやく伯父の顔をまともに見ることができた。

数年見ないうちに、緩《ゆる》んだ体型になり、ますます下卑《げび》た顔つきになった気がする。

若い頃は美丈夫《びじょうふ》で通っており、伯母《おば》が一目惚《ひとめぼ》れをして婚約《こんやく》者がいた彼を奪《うば》う形で結婚《けっこん》したと聞いている。

ユーインの前では本性《ほんしょう》を見せていたけれど、顔を合わせていない数年のうちに内面の醜《みにく》さがこんなにも容姿に現れるのかと驚《おどろ》きを隠せなかった。

「君のように立派な跡《あと》継《つ》ぎがいれば、クロフォード・グローバルの将来も安心だな。いやいや、私もあやかりたいものだ」

下品な高笑いをしながら、馴《な》れ馴れしくヒューバートの肩に触れる様子にも憤《いきどお》りを覚える。

伯父は自分より下だと思っている人間にはかなり横柄《おうへい》だ。ヒューバートに対して下手《したて》に出ているのは、クロフォードという名前が大きいからだろう。

「――――」

自分はすでに汚《けが》された身だが、ヒューバートは違《ちが》う。

取り入ろうとしたり、利用しようとするかもしれない。そうなったとき、彼を守れるのは自分だけだ。トラウマなどに囚《とら》われている場合ではない。

曾祖父の葬儀《そうぎ》を終えてアメリカに戻《もど》る前、伯父がユーインに告げた言葉は忘れたくても忘れられない。

出立の挨拶《あいさつ》をしに行かされたユーインに『上手くクロフォードに取り入れよ。俺が仕込んでやったその体を無駄遣《むだづか》いするんじゃないぞ』と下品な笑《え》みを浮《う》かべて云《い》い放った。自分たち家族がクロフォード家と親しくしているのに下心はない。だが、彼は打算を持って曾祖父が近づけたと信じているのだ。

「それにしても、こんなところで会えるなんて本当に幸運だったたな。実は拠点《きょてん》をこちらに移すことになってね。顔を合わせることも多くなるだろうから、よろしく頼《たの》むよ」

「そちらの事業も順調のようですね。あなたが代表になってから、ますます羽振《はぶ》りがよくなったとか」

ヒューバートのリップサービスに、伯父は目を輝《かがや》かせた。

「今回の移転も、事業拡大の一環《いっかん》でね。お宅とも上手くやっていきたいものだ」

ヒューバートは差し出された伯父の手を握《にぎ》り返さず、ただ微笑《ほほえ》んでいた。握手《あくしゅ》が空振《からぶ》りに終わり、伯父は一瞬苛立《いっしゅんいらだ》ちを覗《のぞ》かせたけれど、すぐに取り繕《つくろ》い、作り笑いを浮かべた。

「……まあ、とにかく会えてよかった。そういえば、君たちは成人したんだったたか？　祝ってやれなくて残念だったよ」

「………………」

成人祝いの席は内々で執《と》り行ってもらった。もちろん、この伯父と顔を合わせたくなかったからだ。

いままでは物理的な距離を取ることで、伯父との接点をなくしてきた。しかし、彼がこの街に来たということは、こうやって否応《いやおう》なく顔を合わせざるを得ない状況《じょうきょう》が生まれるかもしれない。改めて対策を練る必要があるようだ。

「あー…、つかぬことを訊《き》くが、フィフストラスト・バンクのCEOとは親しいのかい？」

「はい。存じ上げておりますが、どうしてですか？」

「ちょっと紹介《しょうかい》してもらえたらなと思ってね。どうかな？　無理にとは云わないが……」

「でしたら、遠慮《えんりょ》させて下さい。ご紹介できるほどの仲ではないので」

紹介できるほどの仲ではないとヒューバートが云ったのは、CEOのことではない。だが、伯父はその嫌《いや》みにすら気づいていなかった。

「そうか。いや、ヘンなことを云ってすまなかったね。何だかんだ云っても、君もまだ学生だものな。無理を云ってしまったな」

当てが外れた落胆《らくたん》を隠すかのようにわざとらしく笑ってはいるが、口元が引き攣《つ》っている。若造扱《あつか》いはせめてもの意趣返《いしゅがえ》しといったところだろう。

「そうですね。父の手伝いをさせてもらってはいますが、まだまだ修業《しゅぎょう》中の身ですので。大学に在籍《ざいせき》している間は可能な限り学びたいと思っています」

「それがいい。私も若い頃《ころ》もっと学んでおけばよかったと後悔《こうかい》しているよ。いまはユーインと二人で暮らしてるんだったかな？」

「ええ、ルームシェアをしています」

ある程度は自分たちの状況を把握《はあく》しているようだ。もしかしたら、このパーティでの再会も偶然《ぐうぜん》ではなく仕込まれたものだったのかもしれない。

「どうだい？　ユーインは役に立ってるかね？」

「ええ、食事がつい疎《おろそ》かになりがちなんですが、彼のお陰で規則正しい生活が送れています」

「いやいや、夜のほうだよ。よく鳴くように仕込んでおいたからね。これからも可愛《かわい》がってやってくれ」

「……！」

伯父が顔を近づけて潜《ひそ》めた声で切り出した言葉に、ユーインは目の前が真っ赤になる。

まさか、面と向かってそんな恥知《はじし》らずなことを訊《き》くとは予想もしていなかった。しかし、それ以上に予想外だったのはヒューバートの行動だった。

「その汚《きたな》い口を閉じろ」

「へ？——ぐは……っ!?」

ヒューバートが憤りを抑《おさ》え込んだ表情で伯父の顔に鍛《きた》えた拳《こぶし》を叩《たた》き込んだのだ。

派手に床《ゆか》に倒《たお》れ込んだ伯父はショック状態で呆然《ぼうぜん》としていた。自分の身に何が起こったのか、把握できていないのだろう。

突然《とつぜん》の荒事《あらごと》に周りからはいくつか悲鳴が上がり、ざわめきが大きくなった。

そんな中、ヒューバートは乱れた襟元《えりもと》を直しながら、冷ややかな眼差《まなざ》しで床に転がったまま唖然《あぜん》としている伯父《おじ》を睥睨《へいげい》している。

「な……な……」

「ヒューバート!?」

ユーインもヒューバートの行動に驚きを隠《かく》せなかった。

「うっかり手が滑《すべ》った」

自分のために怒《おこ》ってくれたことは嬉《うれ》しかった。けれど、いまのはやりすぎだ。人前で暴力を振《ふ》るうだなんて、相手に非があってもこちらの立場が悪くなりかねない。通報されれば、逮捕《たいほ》される可能性だってある。

「き、貴様、何様のつもりだ……っ！　ウォン家の人間を殴《なぐ》っておいて、ただですむと思うなよ!?」

周囲のざわめきに我に返った伯父は激昂《げきこう》し、顔を真っ赤にしている。

自分の思いどおりに行かなければ、キレるタイプの人間だ。いまの状況は彼にとって屈辱以外の何物でもないだろう。

「そんなことより、自分がいつまでウォン家を名乗っていられるかを心配したらどうだ」

「どういうことだ!?」

「俺に訊くよりも、自分の胸に手を当てて考えてみたほうがいいんじゃないか？　自分がしていることは、自分自身が誰《だれ》よりもよく知っているだろう」

「……ッ」

ヒューバートの言葉に、それまで激しく憤っていた伯父は一瞬《いっしゅん》にして顔色を変えた。

何か心当たりがあるのか、真っ青な顔でうろうろと視線を彷徨《さまよ》わせている。殴られたことなどもう頭にないようで、床にへたり込んだままぶつぶつと呟《つぶや》き始めた。

「ヒューバート様、どうかなさいましたか？」

騒《さわ》ぎを聞きつけ、奥から支配人が飛んできた。

「すまない、騒がせてしまって。割れたグラスや清掃の費用はこちらに請求《せいきゅう》書を回してくれ。彼は自宅まで丁重《ていちょう》に送り届けてやってくれると助かる」

「かしこまりました」

「世話をかけるな。――――行くぞ、ユーイン」

ヒューバートは支配人に後始末を任せ、唖然としているユーインを外に連れ出した。呆気《あっけ》に取られていたユーインだったが、外の冷たい空気に触《ふ》れ我に返る。

「あ、あの、待って下さい！」

「忘れ物でもしたか？」

「そうじゃなくて！　あんなことをして本当によかったんですか……？」

「お前を侮辱《ぶじょく》されて黙《だま》ってられるか。後悔はしていない」

「だとしても――」

あの伯父は陰険《いんけん》で執念《しゅうねん》深い。この件を利用し、脅迫《きょうはく》してくることだって考えられる。結果的にこちらの弱みを握られた形になってしまったのではないだろうか。

「心配しなくても、通報する勇気はないだろう。いま、警察沙汰《ざた》になると困るのはあいつのほうだからな」

そう云われ、ヒューバートが伯父に何か云っていたのを思い出した。

「……何を知ってるんですか？」

「まだ詳《くわ》しいことは云えないが、あの男は立場を利用してかなりの額の横領をしている」

「横領？」

「今回の移転は、それをごまかすためもあるだろうな」

「あの、でも、どうしてそれをあなたが知ってるんですか？」

あの伯父のことだ。清廉潔白《せいれんけっぱく》な仕事をしているとは思えないが、具体的な離叛行為《りはんこうい》をしていることまではユーインの耳にも届いていない。

「調査することになったのは、お前の親父《おやじ》さんがウチの親父に相談したのがきっかけだ。俺は親父の指示で使いっ走りをさせられてたんだよ」

「どうしてあなたが？」

「万が一のことも考えて、俺を使うことにしたんだろう。外に漏《も》れるわけにいかない事柄《ことがら》だからな。俺は正式には会社の所属じゃないし、使い勝手がよかったんだろう」

現在、ヒューバートはクロフォード・グローバルの社員ではない。父親で会長のウィルに個人的に雇《やと》われてアシスタントをしているという状況だ。

ウォングループは身内から見ても、閉鎖《へいさ》的なところがある。身内の恥《はじ》を外に知られることをよしとはしない。なのに、

「だったら、さっきの脅《おど》し文句はまずいんじゃないですか？」

事情はわかったけれど、調査が入っていることを伯父に知られるような発言はまずかったのではないだろうか。自分の犯行がバレていると知ったら、証拠隠滅《しょうこいんめつ》に走りかねない。

「心配するな。もう確たる証拠は摑《つか》んでいる。最後通牒《さいごつうちょう》を渡《わた》すタイミングを計って、自分からボロを出すように泳がせているところだ。いま、彼には二十四時間の監視《かんし》がついているからな。何かしようとしたらすぐにバレるはずだ」

「…………」

自分の与《あずか》り知らぬところで、そんなことになっていたただなんてちっとも知らなかった。さっき以上に呆気に取られていた。

「あの男は色々と云《い》っていたが、二度とお前の前に姿を現すことはないだろうから安心しろ」

「！」

あいつと云うのは伯父のことだろう。ヒューバートの慰《なぐさ》めの言葉に浮《う》かれた気分は消え去り、すっと血の気が引いていった。

ヒューバートが暴力を振るったことに驚《おどろ》いてばかりいたけれど、よく考えてみれば、伯父の発言はユーインの秘密を暴露《ばくろ》するものだ。

勘《かん》のいいヒューバートには、伯父と自分の関係を悟《さと》られてしまっただろう。

過去の陵辱《りようじよく》の相手が伯父だということだけは隠し通したかったけれど、いまさらごまかしようがない。

ヒューバートがその話に触れないのは、彼なりの思い遣《や》りだろう。その気持ちはありがたかったけれど、気を遣《つか》われれば遣われるほど惨《みじ》めになっていく気がする。

「――あの人と何があったか訊かないんですか？」

こうなってしまったら、もやもやとしたままでいるほうが辛《つら》い。自虐《じぎやく》的な気分もあって、自分から切り出してしまった。

「お前が訊いて欲しいならな。でも、話したいわけじゃないだろう？」

「……っ」

やはり、ヒューバートには何もかも見抜《みぬ》かれているようだ。もしかしたら、ユーインに思わぬ過去があると知ってから、何があったのか調べたのかもしれない。

ヒューバートと離《はな》れていたのは、本家に戻《もど》っていた一年ほどのことだ。あの時期以外は、ずっと彼の傍《そば》にいる。

ユーインの身の上に起こった不幸を知っているのは、自分と加害者である伯父だけだ。どんなに調べても証言や証拠が出てくることはないだろう。

しかし、ユーインが置かれた状況《じょうきょう》から察することはできる。さっきの自分の伯父に対する態度が決定打になったに違《ちが》いない。

恐《おそ》る恐る見上げたヒューバートの瞳《ひとみ》は怒《いか》りに満ちていた。その顔からは、激しい感情を押し殺しているのが伝わってくる。

「過去に戻れるなら、あの男を殺しに行きたい。むしろ、いまからでもそうしたいくらいだ」

「ヒューバート……」

口調は淡々《たんたん》としていたけれど、冗談《じょうだん》で云っているようには聞こえなかった。

「わかってる。犯罪者になるつもりはない。そんなことになったら、お前の傍にいられなくなるからな。――その代わり、社会的には抹殺《まっさつ》してやる」

「……ッ」

ヒューバートはそう云って薄《うす》く笑う。その表情には狂気《きょうき》が滲《にじ》んでいるように見え、思わず背筋が震《ふる》えた。

どういう手を使うかはわからないが、少なくとも横領の事実が明るみに出れば、いまの立場からは追われるだろう。

「クロフォード様、お待たせしました」

自分たちが店を出た連絡《れんらく》が行ったのか、レストランの前のスペースに小型のリムジンが静かに停《と》まった。

日常生活で使うことはないけれど、今日のようなパーティがあるときはいつも同じ運転手に頼《たの》むようにしている。

「悪い、気が変わった。今日は戻っていい」

「かしこまりました」

ヒューバートは運転手にチップを渡し、乗らずに車を行かせてしまう。二人はその場に取り残される形で走り去る車を見送った。

「どうしたんですか？」

「風に当たりたくなった。ユーイン、少しつき合ってくれ」

「え？　でも――」

「人通りの多いところで狙《ねら》われたりはしないだろう。それにお前のことは俺が絶対に守ってやるから安心しろ」

「は、はい」

ヒューバートと二人、連れ立って歩き出した。ここから自宅までは、歩いて二十分ほどの距離《きょり》だ。話しながらの道程なら、あっという間だろう。

街灯や建物の窓から漏れる明かり、広告を浮かび上がらせている照明。メインストリートはどこまでも明るかった。ビルの隙間《すきま》から時折月が顔を覗《のぞ》かせるけれど、星々の瞬《また》きまでは見えなかった。

「こうして二人でのんびり歩くのも久々だな」

「そうですね」

「この街に来たばかりのときはよく二人であちこち出歩いたのにな」

「そうでしたね。初めてホットドッグを歩きながら食べたときは緊張《きんちょう》しました」

「買い食いなんてしたことなかったもんな」

二人で引っ越《こ》してきたときは、ボディガードつきの生活から抜《ぬ》け出した解放感と新たに始まるヒューバートとの二人暮らしへの緊張でいっぱいだった。

親元からの独立の一歩に浮かれていたのは、ヒューバートも同じだったようだ。

地図を片手にあちこち連れ回され、街角でホットドッグを買って食べたり、公園で鳩《はと》に餌《えさ》をやったり、ときにはナイトクラブへ連れ出されることもあった。

ある程度街の様子がわかって満足したのか、徐々《じょじょ》に出歩く頻度《ひんど》も少なくなっていき、いまは自宅と大学の往復ばかりになってしまったが、あの頃《ころ》は毎日が新鮮《しんせん》で楽しかった。

夜の街を他愛《たわい》のない話をしながら二人で歩くなんて、まるでデートのようだ。一緒《いっしょ》に住んでいるのに、こういう時間を持つのは久々のことだ。

大学へ共に通うことはあっても、最近はとみに時間に急《せ》かされている気がする。

いつからか、ヒューバートと話すときは緊張するようになった。好きだと意識すればするほど、よそよそしい態度になってしまっていた。

「公園でアイスを食べようとしたときのことを覚えてるか？」

「もちろん覚えてます。あのときは大変でしたね」

走り回っていた小さな子がヒューバートにぶつかり、コーンの上に載《の》ったアイスクリームが転がり落ちた。服が汚《よご》れただけならよかったのだが、そこへ公園内で遊んでいた犬が飛び込んできたせいで一気に混乱が増した。

「あれは本当にどうしようかと思った」

人懐《ひとなつ》こいゴールデンレトリバーがちぎれんばかりに尻尾《しっぽ》を振《ふ》りながらヒューバートにのしかかり、アイスだけでなく顔中を舐《な》め回し、収拾《しゅうしゅう》がつかなくなったのだ。

あんなに困り果てているヒューバートを見たのは、あのときが初めてな気がする。当時の光景をいま思い出しても、口元が緩《ゆる》んでしまう。

「——やっと笑ったな」

「え？」

「お前はそういう顔をしてるほうがいい。眉間《みけん》の皺《しわ》は似合わない」

「……ッ」

反射的に眉間を手で押さえる。ヒューバートが歩こうと云《い》ったのは、渋面《じゅうめん》を浮かべていたユーインの気持ちを紛《まぎ》らわせるためだったようだ。その思い遣りに、胸が詰《つ》まる想《おも》いがした。

「今回の件が片づいたら、またあの公園にアイスでも食べに行こう」

「ええ、是非《ぜひ》」

ヒューバートからの何気ない誘《さそ》いが嬉《うれ》しかった。問題が片づけば、仮初《かりそ》めの時間は終わる。だとしても、このくらいの些細《ささい》な約束くらい交《か》わしても許されるだろう。

「次は近くに犬がいないのを確認《かくにん》してから買うことにするよ。もうあんな目に遭《あ》うのはごめんだ」

「ふふ、そうですね」

泥《どろ》だらけになった服を着替《きが》えるためにアパートに戻ったら、何か事件にでも巻き込まれたのかと警備員に心配されたものだ。

「ところで、あれから何か気がついたことはあるか？」

「いえ、とくには……」

先日ユーインを襲《おそ》おうとした実行犯は、自主退学し地元へ帰っていった。

警察に突《つ》き出すという選択《せんたく》もあったけれど、未遂《みすい》であったことを考えると大した罪にはならないと判断し、表沙汰《おもてざた》にはしない代わりに遠くへ行き二度と近づかないという条件を呑《の》ませることにしたというわけだ。

彼がいなくなっても、真犯人はどこかにいる。身の回りに注意を払《はら》い、口に入れるものにも気をつけている。

講義を受けるときは全体を見渡《みわた》せる位置に座り、一人きりになる瞬間《しゅんかん》を作らないよう心がけてはいるが、どこかに悪意を持っている人物がいるかと思うと落ち着かなかった。

「メールの出所を調べてもらっているんだが、使い捨ての携帯《けいたい》電話を使っていたみたいで人物を特定するのは難しそうだ」

「犯人の目的は何なんでしょうか……」

考えられるパターンはいくつかある。

一つはユーイン個人若《も》しくはウォン家に何かしらの恨《うら》みを持っており、復讐《ふくしゅう》がしたいという怨恨《えんこん》の線。

一つはターゲットは条件に当てはまる人物なら誰《だれ》でもいいという愉快犯《ゆかいはん》の線。可能性があるのはこの二つのどちらかだろう。

ウォン家に対する恨みだとしたら、自分たちの手に負えるものではない。手広く商売をやっている以上、どこかで恨みは買ってしまう。

愉快犯だった場合、第二の被害者《ひがいしゃ》が出かねないけれど、ユーインを襲った男に送られた計画の内容を考えると、やはりユーインに何らかの負の感情を抱《いだ》いているようにも思える。

「そんなもの考えても仕方がない。自分の手を汚さずに人を操《あやつ》って傷つけようとしてくる卑怯《ひきょう》な人間の気持ちが理解できるわけがないだろう」

ヒューバートの言葉は正論だ。だけど、いまはその正論に少し不安になる。堂々とそんなふうに云えるのは、ヒューバートが強いからだ。

「――……っ」

ふと、そのとき悪意のようなものを感じ、ぞくりと背筋が戦《おのの》いた。足を止め、あたりを見回してみたけれど、怪《あや》しい人影《ひとかげ》を見つけることはできなかった。

「どうした？」

「誰かに見られてたような気がして……」

ユーインがそう告げると、ヒューバートは表情を引き締《し》め、ユーインを庇《かば》うように肩《かた》を抱く。

「どこから見られてるかわかるか？」

もう一度見渡してみたけれど、やはりわからなかった。気のせいかもしれないし、もし見張られているのだとしても相手は簡単に尻尾は出さないだろう。

「やっぱり、気のせいだったかもしれません。考えすぎて、神経質になってた気がします」

いつもより心細く感じてしまうのは、伯父《おじ》に再会したせいもある。

トラウマもだいぶ薄《うす》くなっただろうと思っていたけれど、自覚している以上に深い傷だったようだ。

強くなりたい――――昔からずっとそう思ってきた。世間知らずな自分から脱却《だっきゃく》し、それなりに成長したつもりでいたけれど、それはただの背伸《せの》びでしかなかったのかもしれない。

「どちらにしろ、警戒《けいかい》するに越したことはない。何か気づいたことがあったら、すぐ俺に云え」

「……はい」

「大丈夫《だいじょうぶ》だ、俺がついてる。お前のことは絶対に守る」

ヒューバートはユーインの目をまっすぐ見つめ、力づけるように告げたあと、肩を抱いていた手を腰《こし》へ滑《すべ》らせた。

「じゃあ、行くか」

抱《だ》き寄せたままの体勢で歩き出され、ユーインは戸惑《とまど》うしかなかった。

「あ、あの、歩きにくいんですけど……っ」

「安全のためだ、我慢《がまん》しろ」

そう云われてしまえば、逆らうことなどできない。密着している部分から、高鳴る鼓動《こどう》が伝わらないだろうかと気が気ではなかった。

玄関《げんかん》の鍵《かぎ》を二つ締め、セキュリティがオンになっているのを確認する。これで侵入《しんにゅう》を試みようとする者がいても、確実に防げるはずだ。

「大丈夫だ。この部屋なら安全だ」

自分たちのテリトリーに戻《もど》ってきた安心感に、肩の力が抜《ぬ》ける。ずっと緊張《きんちょう》していたのか、どっと疲《つか》れが押し寄せてきた。

ヒューバートに促《うなが》されてリビングのソファに腰を下ろすと、自らの重みでスプリングに沈《しず》み込みそうな錯覚《さっかく》を感じた。

「何か温かいものでも飲むか」

「あ、私がやりますからヒューバートは座っていて下さい」

「たまには俺にやらせろ。お前こそ座ってていい」

立ち上がろうとした瞬間、制止される。彼の厚意《こうい》は嬉しかったけれど、リビングに取り残されたユーインは手持ち無沙汰《ぶさた》になってしまった。

普段《ふだん》、お茶や食事の仕度《したく》はユーインの役目だ。自然とそうなったというよりは、意図的にその役割を担《にな》ってきた。

少しでも喜んでもらいたいという想いも大きかったけれど、ヒューバートにとって少しでも有用な人間でありたいという欲《よく》からの行動でもあった。いまの自分にできることは、生活面でのサポートくらいしかない。

「お待たせ」

ヒューバートはマグカップを両手に持って戻ってきた。同居を始めたときに色違《いろちが》いで買ったお揃《そろ》いのものだ。ユーインの隣《となり》に腰を下ろしながら、そっと手渡《てわた》してくれる。

「熱いから気をつけて飲めよ」

「ありがとうございます」

ヒューバートが淹《い》れてきてくれた紅茶を一口啜《すす》ると、ほんのりとした甘みが優《やさ》しく広がる。ブランデーが少し入っているようだ。

「……美味《おい》しい」

「俺だって、茶くらい普通《ふつう》に淹れられるんだからな」

自意識が芽生え出したばかりの子供のような主張に、ユーインは小さく笑う。

「あなたが何でも一人でできることくらいわかってます」

「そうなのか？」

「そうですよ。でも、何でもかんでも一人でやられたら、私がやることがなくなるでしょう？」

むしろ、ヒューバートがいなければダメになってしまうのは自分のほうだ。元々の自分は気弱で怖《こわ》がりで引っ込み思案で自信のない消極的な子供だった。

そんな自分を変えようと奮起したのは、ヒューバートに出逢《であ》ったからだ。この人の隣に並べる人間になりたい、約束を守りたいという一心からだった。

「そうやって世話ばかり焼いて、俺が図に乗ったらどうするんだ？」

「あなたはそんな底の浅い人じゃないでしょう」

自分がいなければ何もできなくなるくらい甘やかしてしまいたい気持ちが全くなかったわけではない。だけど、そんなのはただの妄想《もうそう》だ。

ユーインの言葉に、ヒューバートは意味深な笑《え》みを浮《う》かべた。

「昔はよくお前に小言を云《い》われたくてわざとだらしのない格好をしたり、世話を焼かせようと思って風邪《かぜ》のとき具合が悪いふりをしたこともある。それを知ってもそう思えるか？」

「え？」

「やっぱり気づいてなかったか。お前に俺のことだけ考えて欲しくて、子供じみたやり方で気を引こうとしてたんだよ。初めて逢ったときだって、お前にカッコいいところを見せたくて必死だったからな。内心じゃそれなりにびびってたくせにな」

「そうだったんですか……」

「本当のことを知ってがっかりしたか？」

「そんなことありません。あなたは困っていた私を助けてくれた。正義のヒーローは本当にいるんだって思いました」

あの日のことを忘れたことはいままで一度だってない。

従兄《いとこ》に苛《いじ》められ、べそをかいていたユーインを庇ってくれたのがヒューバートだ。いまでも鮮明《せんめい》に思い出すことができる。

「中庭で約束したよな。俺がお前を一生守るって」

「……覚えてるに決まってるじゃないですか」

大きな月の下、誓《ちか》いのキスを交《か》わした。あの約束どおり、ヒューバートはずっと自分を守ってくれている。離《はな》れていた間も、彼の存在がユーインを支え続けてくれていた。

「お前のことは何があっても守る。今度こそ、守り通す」

「……ヒューバート……」

改められた誓いの言葉に、彼が苦い想いを抱《いだ》いていることを知った。離れていた間のことはどうしようもない。ヒューバートが気に病《や》む必要はない。

「お前を好きになったのはあのときだ。目が合った瞬間《しゅんかん》、恋《こい》に落ちた」

「な、何云ってるんですか」

まっすぐ見つめてくる眼差《まなざ》しが恥《は》ずかしくて目を逸《そ》らす。

「運命だと思った。信じてもらえないかもしれないが、本当のことだからな」

「――意外とロマンチストなんですね」

自分からも好きだと云えたら、どんなにいいだろう。何もかもぶちまけてしまいたい衝動《しょうどう》を抑《おさ》え込む。冗談《じょうだん》で混ぜっ返して、ポーカーフェイスを取り繕《つくろ》った。

これは仮初《かりそ》めの時間だとわかっている。ヒューバートの気持ちに応《こた》えられない以上、自分の本心を知られるわけにはいかない。

「どうしてこっちを見ない？」

「どうしてって……」

目を見られたら、本当の気持ちを見抜《みぬ》かれかねないからだ。口籠《くちご》もると、ヒューバートは距《きょ》離《り》を詰《つ》めて顔を覗《のぞ》き込んできた。

「あ、あの、離れて下さい」

「ユーイン、こっちを見ろ」

「ちょっと近すぎる気が……」

じりじりと体をずらして離れようとしたけれど、すぐにまた近づかれる。その繰《く》り返しで、ソファの端《はし》に追い詰められてしまった。

「俺を見ろ」

「……っ」

この雰囲気《ふんいき》はまずい。ヒューバートを押し退《の》けてでも、空気を変えるべきだ。頭ではそうわかっているのに、体が動かない。

「ユーイン」

再び名前を呼ばれ、びくっと肩《かた》を跳《は》ねさせる。そっと顎《あご》に添《そ》えられた手に促されるがままに、おずおずと顔の向きを変える。

「ヒューバート――」

視線を上げると、吐息《といき》がかかるほど顔が近かった。至近距離で目が合い、息を呑《の》む。その瞬間、唇《くちびる》を奪《うば》われていた。

「ん……っ」

ヒューバートはユーインの腰《こし》を抱《だ》き寄せ、口腔《こうこう》に舌を捻《ね》じ込んできた。ざらりと擦《こす》れ合う舌にぞくぞくと震《ふる》える。

拒《こば》まなければと思うのに、手足に力が入らない。それどころか、体が勝手に応えてしまう。

「んん、んー……っ」

濃厚《のうこう》な口づけで唾液《だえき》が溢《あふ》れ、濡《ぬ》れた音が立った。まるで、本物の恋人《こいびと》同士のように唇を貪《むさぼ》り合った。今日は酒に酔《よ》っているわけではない。なのに、ヒューバートのキスに溺《おぼ》れてしまう。

「ぁン、んん」

体をまさぐる手に体の芯《しん》が疼《うず》いてくる。理性が飛びそうになった瞬間、ヒューバートの携帯《けいたい》電話が鳴った。ユーインはその音で我に返り、ヒューバートを押し返す。

「電話に出て下さい」

無視しようとしていたヒューバートだが、表示されている名前を見て渋々《しぶしぶ》といった様子で電話に出た。

「……俺だ。何だ、こんな時間に」

ヒューバートは苛立《いらだ》ち混じりの声音《こわね》で応対している。ユーインはその隙《すき》に自室に逃《に》げ込み、ドアをきっちりと閉めた。

　——危なかった。

　電話が鳴らなければ、あのまま、またヒューバートに身を任せてしまうところだった。ドアをきっちりと閉め、襟元《えりもと》を緩《ゆる》めて息を吐《は》く。

「…………」

　ヒューバートの腕《うで》からは逃《のが》れられたけれど、熱を持ち始めた体はどうしようもない。放っておいて鎮《しず》まる程度ならよかったのだが、このままではどうにもならなさそうだ。

　こうなったら、自分で慰《なぐさ》めるしかなさそうだ。ヒューバートに気づかれないうちに処理してしまおうと、ユーインはベッドに腰を下ろし、上着のスリットから手を差し込んだ。

「ん……っ」

　躊躇《ためら》っている時間はない。ウエストを緩めて下着の中で主張している自身を探《さぐ》る。躊躇いながら自らを握《にぎ》り、欲望《よくぼう》に任せて指を滑《すべ》らせる。

「……あ、はっ……」

　目を瞑《つぶ》り思い出すのは、あの夜の記憶《きおく》だ。やや強引《ごういん》なヒューバートの手つきを模しながら、自分を高めていく。

　もちろん、本物と比べれば物足りないけれど、処理のための行為《こうい》なのだから快感を追う必要はない。

「ン、う……」

息を殺しながら無心に手を動かしていたら、ノックもなしにドアが開いた。

「ユーイン、さっきは悪かった」

「⁉」

慌《あわ》てて手を引き抜《ぬ》いて乱れた服を直したけれど、咄嗟《とっさ》にはごまかしようもない。恥ずかしいところを見られたユーインは真っ赤になった。

「す、すまない、邪魔《じゃま》したようだな」

気まずい場面に出くわし、さすがのヒューバートも戸惑《とまど》っているようだった。

「い、いえ……」

他《ほか》に云うべき言葉も思いつかず、背中を向けたまま黙《だま》り込む。

「あの、出ていってもらえませんか……？」

自慰《じい》行為を見られてしまったことはもう仕方がない。だけど、このまま醜態《しゅうたい》を晒《さら》してはいたくなかった。

しばしの沈黙《ちんもく》のあと、ドアが静かに閉まった音がしてほっとする。けれど、ベッドが軋《きし》む音がしてヒューバートがまだ部屋にいることがわかってぎくりとした。

「お前でも自慰をするんだな。治まらないのか？」

「！」

感心したように云《い》われ、いたたまれなさに俯《うつむ》いた。ゆったりとした上着の裾《すそ》で隠《かく》れているけ

れど、自身はすでに芯を持っている。

「……私だって男ですから」

生理的な現象なのだから当然のことだけれど、改めて指摘《してき》されると恥ずかしい。そもそも、自分で処理するところを人に見られるなんて普通《ふつう》はあり得ないことだ。

「そうだったな。ユーイン、その手をどかせ。俺がやってやる」

「なっ……」

後ろから抱き竦《すく》めるように腕を回され、裾を押さえていた手を引き剝《は》がされる。抗《あらが》ってはいるものの、ヒューバートの力には敵《かな》わなかった。

「じ、自分でどうにかしますから」

「いまそんなになってるのは、俺のせいだろう？」

「本当に大丈夫《だいじょうぶ》ですから……っ」

「俺には大丈夫そうには見えないけどな」

「あ……！」

ヒューバートはユーインの隙をつき、自己主張している昂ぶりを服の上から握り込む。張り詰めたそこを緩く撫《な》でられただけで、びくりと肩を跳ねさせてしまった。

「放っておける状態じゃないだろう？　それに――自分の手だけで満足できるのか？」

「……っ」

耳元で告げられた問いに、声を詰まらせる。好きな人の手で高められる快感を知ってしまったいま、自分の手では物足りなく思っていたのは事実だ。

そんな浅ましい自分さえも見透《みす》かされていることに言葉を失い、真っ赤になる。

「そんな顔をするな、ユーイン。お前をよくしてやりたいだけなんだ。黙って俺に任せてくれるだけでいい」

「ん……っ」

耳の後ろに唇を押し当てられ、ぎゅっと目を瞑る。走り抜けた甘い痺《しび》れをやりすごすための咄嗟の行動だったけれど、そのまま唇を首筋に這《は》わされた。

服の上から体をまさぐられ、もう一方の手で上着の裾を捲《まく》り上げられ太腿《ふともも》を撫でられる。つけ根まで辿《たど》り着いた手は布地を押し上げていた昂ぶりを握り込んだ。

「あ……!?」

「辛《つら》そうだな。可哀想《かわいそう》に」

「うあ……っ、あ、やめ……っ」

強く擦《こす》られ、思わず前のめりになる。そうやって刺激《しげき》されているうちに、自身はじわりと体液を滲《にじ》ませた。下着が濡れる感触《かんしょく》に頬《ほお》を染める。

「お前の髪《かみ》は綺麗《きれい》だな」

「……っ」

ヒューバートはユーインの髪に唇を押し当てながら、そう囁《ささや》く。

ずいぶん昔にも、そう云われたことがある。艶《つや》やかな漆黒《しっこく》が神秘的に見えるらしい。けれど、ユーインにとっては、ヒューバートの金糸のような髪こそ美しいと思う。

「黒曜石みたいな瞳《ひとみ》の色も薔薇《ばら》の花びらみたいな唇も綺麗だ」

「な、何云ってるんですか……」

素面《しらふ》で聞いたら呆《あき》れてしまいそうに陳腐《ちんぷ》な褒《ほ》め言葉だ。なのに、本気で赤面してしまうあたり自分も相当重症《じゅうしょう》だ。

「もっとよく見せてくれ」

「そんなこと、云われても……」

「俺を見ろ」

短く命じられ、のろのろと後ろを向く。彷徨《さまよ》わせた視線が絡《から》み合い、外せなくなった。その瞬間《しゅんかん》、また口づけられる。

ヒューバートのキスは危険だ。アルコールよりも強くユーインを酔わせてしまう。唇を塞《ふさ》いだのは、黙らせるためもあったのかもしれない。

「ン、んん、んぅ……っ」

下着の中に潜《もぐ》り込んできた手が直《じか》に触《ふ》れる。そろりと形をなぞり、先端《せんたん》の窪《くぼ》みをぐりっと抉《えぐ》られた。

欲情《よくじょう》していることを知られるだけでも逃げ出したいくらい恥《は》ずかしいのに、口腔《こうこう》を探られながら、張り詰《つ》めた自身を大きく扱《しご》かれる。

好きな人の手で高められている羞恥《しゅうち》と快感で頭がおかしくなりそうだった。

強く拒絶《きょぜつ》することも、大人しく受け入れることもできず、申し訳程度の抵抗《ていこう》を示す。けれど、それはただ自分を追い詰める結果になった。

口の中で傍若無人《ぼうじゃくぶじん》に動き回る舌を押し出そうとした舌は搦《から》め捕《と》られ、身動《みじろ》いだ体はより大胆《だいたん》に撫で回される。

「……っは、あ、あ……っ」

「濡《ぬ》れてきてるのがわかるか？」

「ぅあっ、あ、も、やめ、触《さわ》らないで……っ」

絡みついたヒューバートの指が、自身を強く扱く。体液の滲む先端を再び抉られ、びくりと体が跳《は》ねた。

「触らなきゃどうにもできないだろう？」

「ああっ、だって、もう……っ」

このまま高められていたらおかしくなる。快感に溺《おぼ》れる前にいまの状況《じょうきょう》から逃れたい一心だった。

「わかった」

トを脱《ぬ》ぎ捨てた。

承諾《しょうだく》の言葉にほっとしたのも束《つか》の間、何故《なぜ》かベッドに横たえられ、ヒューバートはジャケッ

「なに……？」

「触られたくないならこうするしかないだろう？」

迷いのない手つきで下衣を引き摺《ず》り下ろされ、手際《てぎわ》よく足から引き抜かれた。その上、上着の裾をばさりと捲り上げられ、下肢《かし》を無防備な状態にされる。

「ヒューバート!?」

「そのまま寝《ね》てろ」

「や……っ」

自らのみっともない姿にカアッと顔が熱くなる。緩《ゆる》く勃《た》ち上がった自身を見られたくなくて、膝《ひざ》を寄せて足を折る。けれど、力尽《ちからず》くで左右に大きく開かされてしまった。

ヒューバートはおもむろに自分のタイを引き抜き、襟元《えりもと》を緩めてから体を屈《かが》めてユーインの下腹部に顔を寄せる。止める間もない行動だった。

「ひぁ……っ」

上着の裾のせいで、自分からは見えなかったけれど、ヒューバートがユーインの内腿《うちもも》に口づけたことは感触でわかった。

ぎりぎりの際《きわ》どい部分を舐《な》め、あちこちの皮膚《ひふ》を吸う。やめさせたくても、もう体が云うこ

とを聞かなかった。

触るなと云ったのはそういう意味ではない。多分、ヒューバートの行動はそれをわかっていてのものだろう。詭弁《きべん》だと苦情を云いたかったけれど、そんな余裕《よゆう》は残されていなかった。

「お願い、やめ……っん、舐め、ないで……っ」

反り返った屹立《きつりつ》を髪がくすぐる。微妙《びみょう》な接触《せっしょく》がそこを余計に意識させる。触れられたくないのに、触れて欲しい。

ユーインが矛盾《むじゅん》する気持ちを抱《いだ》いているのを知ってか知らずか、ヒューバートは唐突《とうとつ》に昂ぶりを舐め上げた。

「いや、だめ、あ、あ、あ……！」

熱く濡れた舌の感触が堪《たま》らない。先端を吸い上げられる刺激に、一瞬《いっしゅん》で脳の神経が焼かれた。

「ぁああ……っ」

「悪くないみたいだな」

やめてくれるよう懇願《こんがん》しているのに、ヒューバートは愛撫《あいぶ》に一層熱を込める。口淫《こういん》をするヒューバートに、躊躇《ためら》いのようなものは感じられなかった。

「ぁあっ、あ、ぁン……っ」

一番敏感《びんかん》な場所で感じる熱く濡れた感触は、言葉にならないほどの快感を生む。ベッドカバーを握《にぎ》りしめ、強すぎる刺激に理性が流されないようにするだけで精一杯《せいいっぱい》だった。

「あ、ぁん、んー……っ」

先端から口に含《ふく》まれる。ヒューバートは屹立に舌を絡め、体液の滲む窪みを舌先で抉った。音を立てて吸い上げられ、腰《こし》が抜《ぬ》けるかと思うくらい感じてしまう。

指で固い部分を扱かれながら、唇《くちびる》で締《し》めつけられながら啜《すす》られ、どこもかしこも蕩《とろ》けてしまいそうだった。

「ひ、あ……っ、ぁあ……っ」

終わりを促《うなが》され、びくびくと口腔に吐《は》き出してしまった。解放感に惚《ほう》けてしまいそうになったけれど、すぐに我に返る。

「す、すみません……っ」

慌《あわ》てて起き上がり、青くなって謝罪する。しかし、ヒューバートは顔色一つ変えずに口の中のものを飲み込み、指についた残滓《ざんし》まで舐め取った。

「何してるんですか!?」

「この服を汚《よご》すわけにはいかないだろう?」

「あ……」

いま身に着けているのが、曾祖父《そうそふ》に仕立ててもらった晴れ着だということを思い出した。そんなことも忘れて快楽に溺れてしまった自分を恥じ入り、押し黙《だま》る。

「どこも汚してないから心配するな。いま、脱がせてやる」

「え？　何？　あ……っ」

あっという間に着衣を全《すべ》て剝《は》ぎ取られ、手際よく一糸纏《まと》わぬ格好にされてしまった。ヒューバートはユーインの着ていたものを丁寧《ていねい》に椅子《いす》の背にかけ、ベッドの端《はし》に腰かけた。

「〜〜〜っ」

ユーインは少しでも体を隠《かく》そうと、ベッドカバーを手繰《たぐ》り寄せる。

「そんな顔をするな。余計に泣かせたくなる」

「え……？」

ヒューバートはリモコンで明かりを落とすと、乱暴に眼鏡《めがね》を外し、整えられた髪《かみ》を手で掻《か》き乱す。

「こうすれば似てるだろう？」

「え？」

「俺をロイだと思えばいい」

ロイの身代わりをするつもりでいるとわかり胸が痛くなった。

元々よく似ている兄弟だ。暗がりで似た髪型《かみがた》をすれば、誰《だれ》もが見間違《みまちが》えるだろう。

ヒューバートはワイシャツを脱ぎ捨てたあと、ベッドに膝をついた。鍛《きた》えられた胸板《むないた》や腹部に目を奪《うば》われる。

「……ッ」

自分が物欲しげな目つきをしている気がして恥ずかしかった。体を丸めるようにして顔を隠すと、ヒューバートはすぐ横に体を寄せ、内腿に手を這《は》わせてきた。

「あっ……ヒューバート……」

「バカだな、俺の名を呼んでどうする」

際どい部分まで辿《たど》り着いたその手は一旦離《いったんはな》れ、次に触《ふ》れてきたときにはぬるりとしたものを纏っていた。

鼻腔《びこう》をくすぐる香《かお》りで、この間と同じハンドクリームを使われたことがわかった。

「あっ……!?」

後ろから差し込まれた手が屹立の根本の膨《ふく》らみを捉《とら》える。柔《やわ》らかな部分だけでなく張り詰めた裏側までも手慰《てなぐさ》みのようにぬるぬるとした指で弄《もてあそ》ばれ、甘い息が零《こぼ》れた。

「あ、ぅン、ふ……っ」

ユーインを弄んでいた指は、やがて、後ろにある窄《すぼ》まりを探《さぐ》り始めた。固く閉《と》ざした入り口に指先を押し込み、小刻みに揺《ゆ》らしてくる。

「どこがいいか俺に教えてくれ。お前をよくしてやりたいんだ」

「んっ、や、んあ……ッ」

「ここか?」

「あっ、あ、あ……!」

感じやすい場所を責められるたびに大きく体が跳《は》ね、細かな振動《しんどう》に合わせるように甘ったるく蕩けた声が出てしまう。返事を口にするまでもなく、反応で丸わかりだ。

増やされていった指がばらばらに動きながら、中を押し拡《ひろ》げていく。丹念《たんねん》すぎるほどの下準備に、ユーインのほうが先に音を上げそうだった。

「ああっ、や、も……っ」

「もうイキたい？　それとも、もう入れて欲しい？」

「……っ」

心の内を見抜《みぬ》かれたかのような問いかけに息を呑《の》む。そのユーインの反応を肯定《こうてい》の意だと受け取ったのだろう。ヒューバートは、奥まで埋《う》め込んでいた指を引き抜いた。

その直後、足を大きく開かされた。蕩けてひくつくその場所に、昂ぶった欲望《よくぼう》の先端《せんたん》があてがわれる。

「あ……!?」

指でしつこいほど解《ほぐ》されたそこは、すんなりと先端を呑み込んでしまった。

押し開かれているキツさはあったけれど、痛みはない。それどころか、さらなる刺激《しげき》をねだるようにひくついている。

「ずいぶん待ち侘《わ》びてたみたいだな」

「あぁあ……っ」

凶暴《きょうぼう》に猛《たけ》った欲望が、根本まで一息に押し込まれる。熱くて硬いものに内壁《ないへき》を勢いよく擦《こす》り上げられる感触《かんしょく》と、深く繋《つな》がり合えた充足感《じゅうそく》に体が大きく震《ふる》えた。

昂ぶりの全てを埋め込んだヒューバートは、ユーインの耳元で小さく息を吐く。

「自分でも俺に絡《から》みついてきてるのがわかるだろう?」

「……っ、いや、云《い》わないで……」

ヒューバートに淫《みだ》らな自分を指摘《してき》される羞恥《しゅうち》に泣きたくなる。快感に煽《あお》られ、全身の神経が過敏《かびん》になっている。

繋がっている場所を意識するだけで、そこに余計に力が入ってしまう。物欲しげに締めつけているみたいで、恥《は》ずかしかった。

明かりがついていないとは云え、月明かりが部屋を照らしている。こんなことになるなら、出かける前にカーテンを閉めておくべきだった。

すでに暗闇《くらやみ》に慣れた目には、ヒューバートの表情さえわかる。つまり、彼の目にも自分の姿ははっきり映っているということだ。

「んっ」

「本当に感じやすいな」

「……っ」

こんなに快感に弱いユーインを、ヒューバートはどう思っているのだろう。ふと、さっき伯《お》父《じ》に云われた言葉を思い出す。

——よく鳴くように仕込んでおいたからね。

あれを聞いた瞬間《しゅんかん》、目の前が真っ暗になった。

「あの、ち、違《ちが》うんです」

咄嗟《とっさ》に言葉を探す。淫乱《いんらん》だと思われても構わない。だけど、それが誰かに作り上げられた体だとは思われたくなかった。

「違う？」

急に顔色を変えたユーインに、ヒューバートは気遣《きづか》わしげな顔になった。

「わ、私がこんなふうになるのは、あの人のせいじゃ——」

必死に云い募《つの》るユーインをあやすように、頭を繰《く》り返し撫《な》でてくれる。お陰《かげ》で少し落ち着きを取り戻《もど》せた。

「大丈夫《だいじょうぶ》だ、わかってる。嫌《いや》なことは思い出さなくていい。いまは『俺』だけ感じてろ。いいな？」

「うあ……っ、あっ……あ！」

宥《なだ》めるように云い聞かせられたあと、ぐっと突《つ》き上げられた。

初めは緩《ゆる》い律動だった。だが、些細《ささい》な振動ですら酷《ひど》く感じてしまう体に、休みなく刺激を与《あた》えられればひとたまりもない。

見つめ合ったまま繰り返し穿《うが》たれ、火がついたみたいに体が熱くなった。

「や、あ、あっ……！」

ぴたりと重なり合った体を揺すられるせいで、反り返った自身がヒューバートの腹部に当たってしまう。先端が擦《こす》れる感触は刺激的だった。

何もかもが気持ちいい。体の内側と外側を同じリズムで擦られる快感に溺《おぼ》れ、甘い喘《あえ》ぎを上げることしかできなくなっていた。

「気持ちいいか？　奥を擦られるのが好きなんだろう？」

「……っ、あっあ、あ……!?」

心の中を見抜かれたかのような囁《ささや》きを耳元に落とされ、ぞくぞくと体の芯《しん》が戦《おのの》いた。

キツい突き上げに思わず背中を仰《の》け反らせると、突き出すようになった胸の先に吸いつかれる。

「ひゃっ、そこ……っ」

「ここ？」

過敏に反応したユーインの上擦った声に、ヒューバートは小さく笑う。微《かす》かな振動にすら感じてしまう体は、歯を立てられ甘く震えた。

「やぁ…っ、いや、噛《か》まな…で……っ」

「わかった」

「ぁん！　あ、ああ……ッ」

わかったと云いながら、さらにキツく噛んでくる。その上、充血《じゅうけつ》するほど強く吸い上げられ、さらに高い声を上げてしまった。

ヒューバートが口にする「わかった」は要注意だ。ユーインの状況《じょうきょう》を正しく把握《はあく》しながらも執拗《しつよう》に責め、さらに窮地《きゅうち》に追い込んでくる。

「もっと声を聞かせろ」

「あっ、あ、ぁん……！」

ヒューバートはベッドの上で快感にのたうつユーインの体を押さえ込み、狂《くる》おしく腰《こし》を送り込んでくる。内壁を酷く擦られ、抉《えぐ》られ、掻《か》き回されて蕩《とろ》けたそこは、律動に合わせてぐちゅぐちゅと卑猥《ひわい》な音を立てた。

「ああ…っ、も、だめ、やあ……ッ」

「俺に摑《つか》まれ」

シーツを握《にぎ》りしめていた手を解《ほど》かれ、背中に回すよう促《うなが》される。おずおずと腕《うで》を伸《の》ばすと、しがみつく前に抱《だ》き込まれ、口づけられた。

汗《あせ》ばんだ背中を掻き抱き、自分からも舌を絡めてしまう。休みなく腰を送り込まれながら、唇《くちびる》や舌も荒々《あらあら》しく貪《むさぼ》られた。

「んん、ン、ふ……っ」

口の中がこんなに感じる場所だなんて知らなかった。時折、気まぐれに吸い上げられる舌はつけ根のあたりまで痺《しび》れてしまっている。

口づけで蕩けた体も嘘《うそ》みたいに過敏になっていた。

「ぅんっ、は、あ、あ……っ」

激しい律動に振《ふ》り落とされそうで、必死にしがみつく。自分からも腰を擦りつけ、さらなる快感を得ようとしてしまう。

繰り返される荒々しい抽挿《ちゅうそう》に、いつしか啜《すす》り泣いていた。涙の膜《まく》が張った視界はぼやけ、曖《あい》昧《まい》になっている。込み上げてくる熱い想《おも》いに、自らの気持ちを口にしてしまいそうになるのを、なけなしの理性で抑《おさ》え込んだ。

「いい、きもちい……っ」

「ああ、俺もだ。すごくいい」

「あぁ…っ、ヒューバート、だめ、もういく……っ」

また大きな衝動《しょうどう》が押し寄せてくる。ユーインはヒューバートの背中に爪《つめ》を立てた。

「わかってる」

ヒューバートはユーインの腰を抱《かか》え直し、自分のほうに引き寄せるようにして大きく揺《ゆ》さぶった。

「あ、あっあ、あ――」

「好きだ」

「……！」

最後の引き金を引いたのは、鼓膜《こまく》に落とされた囁きだった。

絶頂に追い上げられ、視界が真っ白になる。欲望《よくぼう》を吐《は》き出すと同時に、体の奥へと欲情《よくじょう》を注ぎ込まれた。屹立《きつりつ》を包み込んだ粘膜《ねんまく》は、残らず精を搾《しぼ》り取ろうとするかのように締《し》めつける。

「ヒューバート……」

自分の中で果てたヒューバートをキツく掻き抱くと、それに応《こた》えるように深く口づけられた。

4

キーボードを打つ手を止め、モニターの端《はし》に表示された時刻に目を遣《や》ると、もうすぐ日付が変わりそうな時間になっていた。

「もうこんな時間か……」

ユーインは論文の下書きを保存し、PCの電源を落とす。続きはまた明日やればいい。

素面《しらふ》で抱《だ》き合った夜を境に、頻繁《ひんぱん》に関係を持つようになってしまった。人前以外でも恋人《こいびと》のように振る舞《ま》うヒューバートに流され、そういう雰囲気《ふんいき》になってしまうのだ。

あの日も殊更《ことさら》熱っぽく求めてくるヒューバートを拒《こば》むことなどできるはずもなく、何度も求め合ってしまった。

表向きは割り切った関係を装っている。

実際は割り切ることなどできるわけがない。好きな人に求められれば嬉《うれ》しいし、抱かれれば感じてしまう。

抱き合うたびに囁かれるヒューバートの愛の言葉を聞き流すのは、毎度至難の業《わざ》だった。

彼の気持ちを拒んでいる以上、いまの中途半端《ちゅうとはんぱ》な関係は不誠実でしかないことはわかっている。頭ではそう思っていても、体は違《ちが》う行動を取ってしまうのだ。

「…………」

どうして、こんなことになってしまったのか。いまは軽率《けいそつ》だった自分の行動を悔《く》いることしかできない。

ヒューバートのアプローチは日に日に大胆《だいたん》になっている。彼があんなに臆面《おくめん》もなく愛を囁くタイプだとは思ってもみなかった。

隙《すき》あらば、「好きだ」「愛してる」と告げられる。

そのたびに聞き流すふりを装っているけれど、本当はばくばくと早鐘《はやがね》を打つ心臓を鎮《しず》めるのに苦労していた。

フェミニストでムードメーカーなロイなら気障《きざ》な台詞《せりふ》を云《い》っても当然としか思えないが、無骨で生真面目《きまじめ》な顔ばかり見せてきたヒューバートがそういう言葉を口にすると、やけに攻撃力《こうげき》が高い気がしてならない。

ユーインの知る限り、これまで彼に特定の相手がいたことはない。何度か女性の影《かげ》を感じたことはあっても、恋人としてつき合っている様子は見えなかった。

複数と関係するような不誠実なことはなかったけれど、特別扱《あつか》いもしていなかった。常に彼が優先するのは、家族とユーインだった。

気が合った相手と割り切った関係を結ぶ。そういうつき合い方をしているのは、色恋《いろこい》に現《うつつ》を抜《ぬ》かすタイプではないというだけだろうと思っていた。

だからこそ、ヒューバートの告白はユーインにとって青天《せいてん》の霹靂《へきれき》と云えるものだったのだ。

「……好き、か……」

愛情とは不思議な感情だ。激しく燃え上がるようなものもあれば、凪《な》いだ海のように静かなものもある。

自らの中にあるのが恋心《こいごころ》だと気づいたばかりの頃《ころ》、やがてこの気持ちは穏《おだ》やかになっていくだろうと思っていた。

しかし、その予想は大きく裏切られた。

昔から変わらないどころか、日に日に膨《ふく》らんでいった。これ以上ないほどの切なさに苦しんだ次の日は、もっともっと愛《いと》しくなっていた。

最初に好きになったのはヒーローだったからだ。けれど、いまは彼の人柄《ひとがら》や容姿、一挙一動、その全《すべ》てを愛している。

不思議なことに、似た顔をしていてもロイにドギマギしたことはない。ヒューバートだから好きなのだ。

「そういえば……」

ヒューバートと恋人のふりをすることになった大本を作ったロイは音沙汰《おとさた》がない。

ケンカした彼女とはどうなったのだろうか。彼女からの接触《せっしょく》もないため、彼らの状況が全くわからなかった。

すでに仲直りしているのか、若《も》しくはさらに揉《も》めているのか。

どちらにしろ、一言くらい報告を入れてくれてもいいだろうにと少しだけ文句を云いたい気持ちになった。

いまの『恋人』ごっこはロイからの頼《たの》みによるものだ。ユーインとの仲を疑うロイの彼女への見せかけの関係。

体を重ねてしまったことは自らの失態が招いた事態だけれど、あの依頼《いらい》がなければ一夜限りの過《あやま》ちですんでいたはずだ。

「――いや、そうじゃないな」

ロイに責任《せきにん》を転嫁《てんか》するなんて、八つ当たりに等しい。いまの状況《じょうきょう》を招いたのは、何もかも自分の至らなさが原因だ。

油断して襲《おそ》われかけ、そのあと隠《かく》し通してきた秘密を知られてしまった。

激情に駆《か》られたヒューバートの行動には驚《おどろ》いたけれど、自分への気持ちを知ったいま、彼がカッとなったのも無理はないと思っている。

諦観《ていかん》し強くなったと思っていた自分は、ただ自暴自棄《じぼうじき》になっていただけだった。

もし、好きな人が辛《つら》い目に遭《あ》って、投げやりになっていたら悲しくなるだろうし、怒《いか》りも込み上げてくると思う。

きっと、ヒューバートはユーインに告白するつもりはなかったのだろう。あんなことになったからこそ、責任を取ろうとしてくれたのだ。

自分を好きだと云ってくれている気持ちを疑ってはいない。そういう嘘《うそ》を吐くような人ではないことはよく知っている。

だけど、秘《ひ》めたままにしておいたほうがいい感情があることを一番知っているのもまた自分だ。

「……好き……」

誰《だれ》もいない場所で口にすればするりと出てくるこの言葉は、絶対に誰にも告げないと心に決めている。

ユーインの夢は、ヒューバートの片腕《かたうで》となり、一生傍《そば》にいることだ。辣腕《らつわん》を振《ふ》るう経営者となり、幸せな家庭を築くその支えになれればいい。

目標を高くすることと、身の丈《たけ》に合わない望みを抱《いだ》くことは違う。

愛を囁《ささや》かれる瞬間《しゅんかん》も熱を分かち合っている時間も、どうしようもなく幸せなものだけれど、いつまでも続くものではない。

体を結んでしまった以上、『恋人』をやめたあとしばらくは気まずいだろう。完全に元の関係に戻《もど》ることは、きっと不可能だ。

いっそ、何もかもぶちまけてしまえばすっきりするかもしれない。だけど、ユーインの気持ちを知られてしまったら、もっと取り返しのつかないことになる。

例えば、ロイなら「両想《りょうおも》いならつき合っちゃえばいいじゃん」などと云うに違いない。彼らの家族だって、きっと自分たちの仲を喜んで祝福してくれるだろう。

だからこそ、自分が正しい道を示さなくてはならないのだ。彼の傍に居続けるためには、一時の感情で間違《まちが》った選択《せんたく》をすることだけは避《さ》けるべきだ。

どんなに好きな人だとしても、生涯《しょうがい》を添《そ》い遂《と》げるに相応《ふさわ》しい相手かどうかはイコールではない。恋愛《れんあい》と結婚《けっこん》は別物だ。

ヒューバートには曇《くも》りのない人生を歩んでもらいたい。そのパートナーに自分のような人間は相応しくない。

何にせよ、中途半端な関係はできるだけ早く終わらせるべきだ。ヒューバートのためにも、自分のためにも。

「……そういえば遅《おそ》いな」

ふっと意識を思考の外に向ける。大学からユーインと共に戻ったあと、電話を受けたヒューバートは所用があると云って一人で出かけていった。

ずいぶん難しい顔をしていたことを思い出して心配になる。

どこに行くかまでは詳《くわ》しく云っていかなかったが、少々戻りが遅いのが気になった。いつもなら少しでも遅くなるときは連絡《れんらく》をしてくるのに、今日はメール一つ届いていない。

多分、用事が長引いているか、渋滞《じゅうたい》にハマってしまったかのどちらかだろうが、連絡がないことがユーインを不安にさせた。

「…………」

連絡をして、居場所を確認《かくにん》すべきだろうか。しかし、仕事の邪魔《じゃま》になるかもしれない。

だけど、万が一何かトラブルに巻き込まれていたりしたら——そんなふうに考え始めたら、いてもたってもいられなくなってきた。

悩《なや》んだ末、一回だけかけてみることにした。もしも、ヒューバートが出なかったとしても、ただ返信を待つと決めて彼の短縮ナンバーを押す。

数コールのあと、不安げなヒューバートが電話に出た。

『——ユーイン？　どうした、何かあったか？』

「あ、いえ、そういうわけではないんですが、帰りが遅いので……」

ヒューバートの身を案じての電話だったが、逆に心配させてしまったようだ。

『すまない、心配をかけたようだな。できたら早く帰りたいんだが、まだかかりそうなんだ』

「そうなんですか……」

無事だったことにほっとしつつも、帰りがさらに遅くなると知らされ肩《かた》が落ちた。

『だいぶ遅くなるかもしれないから、先に休んでいてくれ。それと、俺以外からの電話には絶対に出ないようにしてくれ』

「え？　電話ですか？　わかりました……」

理由はよくわからなかったけれど、詳しい話はあとで訊《き》けばいいと判断し、いまはただ承諾《しょうだく》しておいた。

『戸締《とじ》まりはしっかりしておくようにな。それから――』

『ヒューバート。ねえ、まだかかりそう？』

『ああ、すまない。すぐ終わるから待っててくれ』

電話の向こうから聞こえた女性の声とヒューバートの応対にドキリとし、胸の底が焼けつくような感覚に襲われた。親しげな口調だったが、その声には聞き覚えがない。

一体、いま誰と一緒《いっしょ》にいるのだろう。ヒューバートの交友関係はほとんど把握《はあく》しているはずだが、必死に思考を巡《めぐ》らせても心当たりはなかった。

「あ、あの、無事ならいいんです。すみません、電話なんかして……っ」

慌《あわ》ててそう告げ、一方的に電話を切った。自分の中によからぬ感情が湧《わ》き上がってきていることに気づいたからだ。

このどろどろとした黒い感情は嫉妬《しっと》だ。彼女はどんな人なのか、そして、どういう関係なのか。色んなことが気になって堪《たま》らない。

自分を好きだと云《い》ったくせに――そう思いかけたところで、自分にはそんな不満を抱く資格がないことを思い出した。

ヒューバートの告白を拒《こば》んでおきながら、女性の影《かげ》がちらついた途端《とたん》に嫉妬するなんて図々《ずうずう》しいにも程《ほど》がある。

矛盾《むじゅん》するいくつもの感情が渦巻《うずま》いて、胸がパンクしそうだった。

「……ダメだなあ」

頭ではわかっていても、心を納得《なっとく》させるのはまだ時間がかかりそうだ。

とっくの昔に割り切っていたのに、欲《よく》が出てしまうのはヒューバートから過分な言葉をもらってしまったからだ。

いままで思い描《えが》いていたものとは違《ちが》う未来を夢想してしまいそうになる。きちんと現実を見つめるべきだ。

「――現実、か……」

顔を上げると、鏡のようになっていた窓ガラスに自分が映っていた。その顔は子供の頃《ころ》に戻ったかのような、心細い表情だった。

「……っ」

先に休んでいろと云われたけれど、到底《とうてい》そんな気分にはなれなかった。一旦《いったん》はベッドに入ったものの、余計に目が冴《さ》えてしまったため起き出してきたのだ。

このままんじりとベッドで時間が経《た》つのを待っている気にはなれなくて、お茶を淹《い》れようとキッチンに立つ。

上の棚《たな》からティーポットを取り出そうとしたとき、その横に並んでいたブランデーのボトルが目に入った。

この間、ヒューバートが淹れてくれた紅茶の香《かお》りづけに使われたものだろう。

ユーインは手にしていたティーポットを元の位置に戻し、琥珀色《こはくいろ》に満たされたボトルに手を伸《の》ばした。

アルコールを口にすれば、このもやもやとした気分も少しは薄《うす》れてくれるかもしれない。そんなささやかな期待があった。

グラスに少しだけ注ぎ、一息に飲み干す。こんな飲み方をするような安い酒ではないけれど、いまは一秒でも早く酔《よ》いたかった。

飲み慣れないブランデーの強さが喉《のど》を焼く。だけど、酩酊《めいてい》には程遠かった。

「……この程度で酔えるわけないか」

基本的にユーインはアルコールに強い。やはり、この間は安定剤《ざい》か睡眠薬《すいみん》の類《たぐい》が混ぜられていたのだろう。そうでなければ、あんなふうに酩酊するはずがない。

少し自棄《やけ》気味の気分で、再度グラスにブランデーを注ごうとしたそのとき、玄関《げんかん》から物音が聞こえてきた。

「……っ」

悪いことをしているわけではないが、キッチンで一人酒を飲んでいたと知れるのは気まずい。急いでボトルを元の位置に戻《もど》し、グラスを洗って水切りに置いた。

さりげなさを装って、帰ってきたばかりのヒューバートを出迎《でむか》える。出かけたときに比べ、どこか元気がないようだった。

「おかえりなさい」

「……ああ。まだ起きてたのか」

「なかなか寝《ね》つけなくて。お茶でも飲もうと思ったんですが、ヒューバートも飲みますか？」

「いや、俺はいい」

ヒューバートは疲《つか》れた様子でキッチンに向かうと、ユーインが洗って水切りに置いていたグラスに水を汲《く》み、一息に飲み干す。

「……っ」

珍《めずら》しく苛立《いらだ》った様子のヒューバートに、ユーインは目を瞠《みは》った。いつでも沈着《ちんちゃく》冷静な彼が、仕事絡《がら》みのことでこんなふうに感情を露《あら》わにすることはない。

どんなに多忙《たぼう》でも疲れた様子は見せない人だ。なのに、今日は機嫌《きげん》の悪さを隠《かく》そうとさえせず、疲れた様子で眼鏡《めがね》の奥の目を揉《も》んでいる。

相当なトラブルに見舞《みま》われたか、仕事以外のことで煩《わずら》わされているかのどちらかだ。

「あの、何かあったんですか？」

「ちょっとな」

ヒューバートがこんなふうに言葉を濁《にご》すのは珍しい。つまり、『何かあった』ということだ。きっと、いままでどこかでその話をしていたのだろう。

いつもなら、「そうですか」と云って話を終わらせているところだが、今日はヒューバートの態度が引っかかった。

「……困ったことがあるなら、私にも力にならせて下さい」

「お前は気にするな」

躊躇《ためら》いがちに切り出したユーインに、そう云って微笑《ほほえ》んでくれたけれど、まるで蚊帳《かや》の外に置かれたような気分になった。

やはり、彼にとって自分は頼《たよ》れる存在ではないのだろう。

役に立てないという現実が重くのしかかる。ヒューバートにとって、自分は庇護《ひご》されるだけの対象なのかもしれない。

「私では何のお役にも立てませんか？」

「そういうわけじゃない」

「だったら――」

「気持ちはありがたいが、お前を煩わせるほどのことじゃないってだけのことだ。余計なことは知らなくていい」

「……わかりました」

承諾《しょうだく》の言葉は、落ち込んだトーンになってしまった。ヒューバートが大変なときに、暗い顔を見せて余計な心配をかけるわけにはいかないと、慌てて表情を引き締《し》めた。

「あ、そうだ、食事はどうしますか？　まだでしたらすぐに用意します」

話題を変えて空気を入れ換《か》えようと、努めて明るい声で問う。けれど、ヒューバートの答えは素《そ》っ気のないものだった。

「外で食べてきた」

「そう…ですか……」

ヒューバートにとっては何気ない答えだったかもしれないが、ユーインは軽いショックを受けていた。あの女性と食事をしてきたのだろうかと勘《かん》ぐってしまう。そんな卑小《ひしょう》な自分が嫌《いや》になる。

彼女が誰《だれ》であろうと、ヒューバートの行動をどうこう云う権利は自分にはない。ユーインは肩《かた》を落とし、ため息を呑《の》み込む。

ヒューバートには、訊《き》きたいことがたくさんある。だけど、難しい顔で黙《だま》り込んでいるいま、声をかけることさえ躊躇われた。

小さい頃は言葉がなくても、お互《たが》いの考えていることが手に取るようにわかった。

いまどんな気分で、どんなことをして欲しいのか、まるでテレパシーで通じ合っているみたいだった。

だけど、いまは全くわからない。じっと考え込む白皙《はくせき》の横顔は、知らない人のようだった。

「――ユーイン」

「は、はい」

考え込んでいると思っていたヒューバートが、不意に名前を呼ぶ。思わず、背筋を伸ばして返事をした。

「念のため、明日から大学を休め。大学には俺のほうから云《い》っておく」

「え？」

唐突《とうとつ》な指示に面食《めんく》らいながらも、彼の苛立ちがどこから来ているのか察しがついた。

今日、急に出かけていったのは仕事ではなく、ユーインが襲《おそ》われた件の黒幕についての調査報告を聞くためだったのだろう。

となると、さっきの女性は調査会社の社員だった可能性が高い。だとしても、妙《みょう》に親しげな態度だったことがやはり気になってしまう。

「当面は外出禁止だ。携帯《けいたい》電話にかかってくる電話にも出ないようにしてくれ」

「いきなりそんな……。当面ってどのくらいの期間なんですか？」

厳しすぎる行動制限に戸惑《とまど》った。それではまるで籠《かご》の中の鳥だ。いまでも用心して行動しているのに、それでは不充分《ふじゅうぶん》なほどの事態になっているということだろうか。

「はっきりとは云えない。俺がいいと云うまでだ」

「何かわかったんですか？　いまの状況《じょうきょう》を教えて下さい」

もどかしさのあまりユーインが詰《つ》め寄ると、ヒューバートは気まずそうに目を逸《そ》らした。

「いま精査しているところだ」

「だったら、わかっている範囲《はんい》のことで構いません」

「確証を得られるまでは軽はずみなことを云うわけにはいかない。これはお前のためなんだ。聞き分けてくれ」

食い下がってみたけれど、どうあっても教えてくれるつもりはないようだ。

口を噤《つぐ》むヒューバートの意図は理解できなくはない。きっと、裏側は何も見せずに解決しようとしているのだろう。

事情を知ったユーインが自分と同じように思い悩《なや》むだろうことを危惧《きぐ》してくれていることは理解できるが、納得《なっとく》することはできない。

ヒューバートにはずっと助けられてきたし、守ろうとしてくれているのも嬉《うれ》しい。大事にされていることは自分でもよくわかっている。

だけど、自分は人形ではない。幼い頃《ころ》は庇護されるばかりの存在だったかもしれないけれど、いまは一人の成人した男だ。

対等とまではいかなくても、役に立てる人間でいたい。足手纏《あしでまと》いにしかならないのだとしたら、ヒューバートの傍《そば》にいる意味はなくなってしまう。

――どうして、私には何も云ってくれないんですか？

そんなふうに訊きたかった。だけど、秘密を抱《かか》えていたのは自分も同じだ。何もかも知りたいなんて、おこがましい願いなのかもしれない。

「ユーイン？」

「……申し訳ありません。明日は休めません。カールソン教授の講義があるんです。これだけは行かせて下さい」

年に一度だけある特別講義だ。明日を逃《のが》せば、また一年待つことになる。

講義を受けたい気持ちは嘘《うそ》ではないが、意地になっていることは否《いな》めなかった。いまは従順なだけの自分でいたくなかったのかもしれない。

自分の中に頑《かたく》なな性質があることはわかっていたけれど、こんな形で露わになるとは思いもしなかった。

こんなふうに意地を張ってしまったのは、電話の向こうから聞こえた声の主への嫉妬《しっと》も理由の一つだろう。

彼女は自分の知らないことも知っている。そう思ったら、堪《たま》らない気持ちになった。

「気持ちはわかるが、諦《あきら》めてくれ。いまは身を守ることのほうが大事だろう」

「だったら、せめて状況を教えて下さい。納得できれば、あなたの指示に従います」

自分の安全を交換《こうかん》条件にするのは卑怯《ひきょう》な手だ。けれど、こうでもしなければ彼の考えを変えることはできないだろう。

しかし、ヒューバートはそれでも口を割ることはなかった。

「……いまはまだ話せない」

「――――」

どうしても、いまは『わかりました』という言葉を口にすることはできなかった。

普段《ふだん》のユーインならここまで意固地になることはなかっただろう。

けれど、甘やかされ囲い込まれるだけの日々と女性の影《かげ》に湧《わ》き上がった嫉妬のせいで、いまは心が歪《ゆが》んでしまっている。

それがわかっていても、自分自身ではどうすることもできなかった。

「すみません。やっぱり、先に休みます」

様々な気持ちが入り混じった心を、まっすぐに直すことは容易ではない。いまは自分をコントロールすることは難しかった。

ユーインはヒューバートの横をすり抜《ぬ》けるようにしてキッチンをあとにする。

逃《に》げたところで問題が解決するわけではない。だけど、いまは一人になって気持ちの整理をしたかった。

「ユーイン！」

「おやすみなさい」

自室のドアに手をかけたところで呼び止められたけれど、いつものように振《ふ》り返ることはなかった。

5

ヒューバートとの話し合いの結果、特別講義には出られることになった。この講義が終わったら、共に帰宅する約束になっている。

今日の講義を楽しみにしていたのは事実だ。だが、無理を押し通してまで出席したかったわけではない。何も教えてくれようとしないヒューバートに対して、子供っぽい意地を張ってしまっただけだ。

「――――」

理性では自分が拗《す》ねているだけだということはわかっている。それでも引けなかったのは、複雑に絡《から》み合う感情を抑《おさ》え込むことで精一杯《せいいっぱい》だったからだ。

ヒューバートが自分に何も知らせずに解決しようとしているのは、彼なりの思い遣《や》りなのだとわかっていても、やはり納得はできなかった。

早めに足を運んだつもりだったが、特別講義が行われる大教室はすでに半分ほどの席が埋《う》まっていた。講義への出席は自由のため、他学部の学生も来ているようだ。

「ここでいいな?」

「あ、はい」

ヒューバートが示したのは、階段状になった席の最後列だった。安全のため、教室内が見渡《みわた》せる位置に陣取《じんど》ることにしたのだろう。

並んで腰《こし》を下ろし、メモを取るための準備をする。ノートの代わりに動画を撮《と》る学生も多いけれど、ユーインは自分の手で記録を残すやり方のほうが好きだった。

「…………」

「…………」

昨日の諍《いさか》いの気まずさを引き摺《ず》っているせいで、朝から会話がほとんどない。二人の間には重苦しい空気が漂《ただよ》っていた。

沈黙《ちんもく》が続けば続くほど、罪悪感が膨《ふく》らんでくる。

こんなふうに我を通したことがいままでなかったため、自分の中に迷いが生じてきたのと同時にようやく頭が冷えてきた。

多分、自分はヒューバートにわかって欲しかったのだろう。何も云《い》わずに察してもらいたかったのだ。

だけど、それは贅沢《ぜいたく》すぎる願いだ。

改めて自らの思考を省《かえり》みると、その子供っぽさに恥《は》ずかしくなる。自分はもっと身のほどを弁《わきま》えるべきだろう。

見つめ合うだけで気持ちがわかり合えた幼い日々とは違《ちが》う。

ヒューバートへの不満や疑問は、やはり言葉にすべきだったと思う。最終的に意見が折り合わなかったとしても、理解はしてもらえたはずだ。

どんなに思っていても、相手に伝えることができなければその想《おも》いは存在しないに等しい。黙《だま》っているのに不満を抱《いだ》くなんて、それこそただの責任転嫁《てんか》だ。

子供っぽい自分にヒューバートは呆《あき》れているかもしれない。だからこそ、こうして妥協《だきょう》し、講義を受けさせてくれるのだろう。

「――ヒューバート」

「ん？」

「すみませんでした。今日は無理を云ってしまって」

ユーインは、思い切って謝罪の言葉を口にした。

何事も思い立ったときに行動すべきだと、ヒューバートもよく云っている。時間が経《た》てばエネルギーは目減りしていくし、ハードルも高くなっていくからだ。

「ユーイン……」

唐突《とうとつ》な謝罪に目を瞠《みは》っているヒューバートに、自分の気持ちを告げる。

「自分の無力さが悔《くや》しくて、意地を張ってしまいました。もっとあなたの役に立ちたいと思うばかりに焦《あせ》っていたんだと思います」

こうして言葉にしてしまえば、些末《さまつ》なことに思える。焦るばかりに卑屈《ひくつ》になっていたのだろう。その苛立《いらだ》ちを表に出してしまったのは未熟な証《あかし》だ。考えを押しつけてばかりで、自分勝手だったと反省してる」

「いや、俺のほうこそ頭ごなしにすまなかった。考えを押しつけてばかりで、自分勝手だった
「いえ、私のほうこそ我が儘《まま》を云ってしまって申し訳ありませんでした」

「何を云ってる。あれは正当な主張だろう？　俺も言葉が足りなすぎた。お前に不信感を抱かれても仕方がない」

「ヒューバート……」

隣《となり》に座るヒューバートの顔を見ると、彼もこちらを見つめていた。

交差した視線にドキリとしてしまったけれど、お互《たが》いに謝り合ったことでいつもの空気が戻《もど》ってきたような気がする。

「云っておくが、お前を信じてないわけじゃないからな。充分《じゅうぶん》しっかりしてると思うし、頼《たよ》りにもしてる。だけど、この件はまだ判断が難しいんだ。はっきりしたことがわかったらお前に話そうと思ってる。だから、少しだけ待ってくれ」

時間が経って少し頭が冷えたお陰《かげ》か、ヒューバートの言葉を昨夜よりも素直《すなお》に受け止めることができた。

相手を大事に想う気持ちは、自分にもわかる。立場が逆だったとしたら、ヒューバートに出歩いて欲しくないと考えるかもしれない。

「いまじゃなくて構いません。話せるときが来たら全《すべ》て教えてもらえると約束してもらえればそれでいいです」

「ああ、約束する」

　仲直りできて、肩《かた》の荷が下りた気分だった。

　電話をしたときに一緒《いっしょ》にいた女性のことは気になっていたが、彼女のことを追及《ついきゅう》すれば墓穴《ぼけつ》を掘《ほ》りかねない。嫉妬《しっと》心が暴走しそうになったことだけは秘密のままにしておくべきだ。

　一息ついたら、周囲を見る余裕《よゆう》も出てきた。いつの間にか、大教室はほぼ満席となっていた。だけど、その中に見知った顔がないことに気がついた。

「あれ？　そういえば、今日はジェレミーが来てませんね。どうしたんだろう？　彼もこの特別講義を楽しみにしてたのに」

　いつもなら、真っ先に声をかけてくるはずの友人の姿が見えない。楽しみにしていた講義をサボるとは思えない。もしかして、日にちを間違《まちが》えているのだろうか。

「……そのようだな」

「連絡《れんらく》してみたほうがいいでしょうか？」

　もし寝《ね》すごしてしまっているなら大変だ。いまから仕度《したく》して大学へ向かっても、講義の開始には間に合わないだろうけれど、半分でも受けられたほうがいいはずだ。

「いや、あいつは寝坊《ねぼう》なんかするタイプじゃないだろう。何か他《ほか》の用事でも入ったんじゃないのか?」

ヒューバートの返事はどこか歯切れが悪かった。思いすごしかもしれないけれど、ジェレミーの名前を出した途端《とたん》、顔色が曇《くも》ったような気がする。

彼との間で何か揉《も》めごとでもあるのだろうか。二人は仲がいいが、時折意見を対立させることもある。

忌憚《きたん》のないディスカッションを交《か》わせるのは気の置けない友人同士だという証拠《しょうこ》だが、たまに長期戦にもつれ込むこともある。

「一応、メールだけでもしておきますね」

ユーインの言葉に重なるように、低い振動音《しんどう》が聞こえる。いま手にしている携帯《けいたい》電話は何の反応もしていない。

「ヒューバート、電話じゃないですか?」

もしかしたら、ジェレミーからの連絡かもしれない。

「いや、メールだ。調査の報告だ」

メールを開いたヒューバートは渋《しぶ》い顔になった。どうやら、思わしくない内容だったようだ。事件についての報告を受けたのかもしれない。

「……どうだったんですか?」

「詳《くわ》しいことを訊《き》いてみる」

ヒューバートは深刻そうな顔ですぐに電話をかけていたが、思うように繋《つな》がらないようだった。電波の調子がよくないのかもしれない。

「繋がらないんですか？」

「電波が安定しない。すまない、外で電話をしてくる。すぐに戻ってくるから、絶対に席から立つなよ。いいか、絶対にだぞ」

ヒューバートは、ユーインによくよく云い聞かせてくる。

「は、はい」

「――そうだ、もしジェレミーから連絡が来たりしたら、すぐに教えてくれ」

「？　わかりました」

理由はわからなかったけれど、首を傾《かし》げつつ承諾《しょうだく》した。彼に何か伝えたいことでもあるのだろうか。ヒューバートは後ろ髪《がみ》を引かれる様子を見せながら、席を立った。

余程《よほど》、ユーインを残して行くのが心配なのだろう。ヒューバートは、何度も振《ふ》り返りながら教室の外へと出ていった。

一人になったユーインは、ほっと一息吐《つ》く。ヒューバートとの間の気まずさを拭《ぬぐ》えたことが一番嬉《うれ》しかった。

安心感に気を抜《ぬ》きかけたけれど、油断大敵だ。

念のため、周囲に怪《あや》しい人物がいないか見渡してみる。しかし、犯人のことが何もわかっていない状態では、警戒《けいかい》のしようがなかった。

初めの犯行は、姿を現さずにメールで指示していたくらいだ。少なくとも、こんなに大勢の学生がいるところで何かしらの行動に出てくることはないだろう。

改めて、襲《おそ》われた夜のことを考えてみる。薬を盛られたとしたら、バースデーパーティが開かれていた教授の自宅でのことだろう。

不特定多数が口にするような飲み物や食べ物に何か入っていたら、ユーイン以外にも気分が優《すぐ》れなくなる者も出ただろう。

しかし、あのとき体調が悪くなっていたのは自分だけだ。大勢の体調がおかしくなっていたら、もっと騒《さわ》ぎになっていたはずだ。

つまり、犯人はユーイン一人が手にするとわかっているものに薬を仕込めた人物ということになる。オープンなホームパーティだったため、知らない顔も多かった。一瞬《いっしゅん》、ユーインが目を離《はな》した隙《すき》にグラスを交換《こうかん》することもできただろう。

自分の近くにいた人物の顔を思い出そうとするけれど、言葉を交わした友人の顔しか思い出せなかった。

あの場でユーインと共にいる時間が多かったのはジェレミーだ。彼に訊いてみれば、怪しい人物の目星もつくかもしれない。

「……そうだ」

　さっき、ジェレミーにメールを送ろうとしていたことを思い出す。講義開始までもう十五分もない。慌《あわ》ててメッセージを打ち込み、メールを送信する。

　すでに大学へ向かっている途中《とちゅう》ならいいのだが。返事を待っていたユーインの肩を、誰《だれ》かがぽんと叩《たた》いた。

「よう。今日は一人なのか？」

「ジェレミー！　今日はずいぶん遅《おそ》かったじゃないですか。ずっとこの講義を受けるの楽しみにしてたのに、姿が見えないから心配しました。いまメールを送ったんですよ」

「悪い、色々準備してたら時間食っちゃってさ。講義に間に合わないかと思って焦《あせ》ったよ。あ、ここいい？」

「あ、すみません、そこはヒューバートが……」

「んじゃ、戻ってくるまで座らして。つーか、ヒューバートはどうした？　まさか、あいつが寝坊ってことはないよな」

「電話をかけに外に行きました。すぐに戻ると思います」

　ヒューバートの云《い》いつけを思い出したけれど、どうせ戻ってくるのだから、わざわざジェレミーの到着《とうちゃく》を知らせることもないだろう。いまヒューバートにかけたら、電話の邪魔《じゃま》になってしまいかねない。

「そっか。ユーインが一人でいるから、ヒューバートとケンカでもしたのかと思った」

「え？」

「気のせいならいいけど、今日のユーイン、ちょっと元気ないみたいだし」

ジェレミーの問いかけは冗談《じょうだん》混じりだったけれど核心《かくしん》の近くを突《つ》いていて、思わず苦笑《くしょう》してしまった。

「ケンカって程《ほど》ではないんですけど、私がヒューバートに我が儘《まま》を云ってしまって反省しているところです」

事情を簡単に説明すると、ジェレミーは驚《おどろ》いた顔になった。

「ユーインが我が儘？　珍《めずら》しいこともあるもんだな。ハリケーンでも来る予兆か？」

「大袈裟《おおげさ》ですよ。そこまでのことじゃないでしょう」

「そこまでのことだって。ま、たまにはいいんじゃねーの？　いつも自分を押し殺してばっかなんだからさ」

「そんなふうに見えてるんですか？」

「実際、そうじゃね？　ユーインは普段《ふだん》からもっと自分の気持ちを云ってもいいと思うけどな。サムライみたいにストイックなのもカッコいいけど、意見をはっきり云うのも大事だぜ」

「さ、サムライ……？」

そんなふうに云われたのは初めてだ。自己認識《にんしき》とは程遠いイメージだが、口数が少なそうなところは共通項《こう》と云えなくもないだろうか。

「つーか、そんな心配しないでも大丈夫《だいじょうぶ》だって。ヒューバートだって驚いてはいるだろうけど、怒《おこ》ったりはしてねーと思うけどな」

ジェレミーは力強く慰《なぐさ》めてくれる。快活な笑い声を聞いていると、自分の悩《なや》みなど些末《さまつ》なことに思えてくるから不思議だ。

「ありがとうございます、ジェレミー。あなたにそう云ってもらえて、気持ちが軽くなりました」

明るく前向きな彼にはいつもパワーをもらう。彼と友人になれて本当によかったと、心の底から思っていた。

改めて礼を告げると、ジェレミーは気まずげな顔になった。

「礼を云われるようなことじゃねーって」

こんなふうに控《ひか》えめに謙遜《けんそん》するのは珍しい。改まったユーインの言葉に、照れているのかもしれない。

「……ところで、いまちょっといいか？」

ジェレミーはどこか苦い表情で遠慮《えんりょ》がちに訊いてきた。やはり、今日は少し様子がおかしい気がした。

「いまですか？」

「ちょっと見てもらいたいものがあるんだ。相談に乗ってもらいたいって云うか……」

「相談ならヒューバートも一緒《いっしょ》にいたほうがいいんじゃないですか？　それに講義ももうすぐ始まりますよ」

腕《うで》時計を確認すると、開始時間まで十分を切っていた。

「頼《たの》むよ。すぐすむからさ」

ジェレミーには、どこか焦っているような雰囲気《ふんいき》があった。それだけ深刻な悩みなのかもしれないと思い、貴重品だけ持って席を立つ。

「わかりました」

怪訝《けげん》に思いながらも、ジェレミーのあとについていく。

大教室の上のドアから外に出る。ヒューバートもこのあたりで電話をかけているだろうと思っていたのだが、廊下《ろうか》には誰の姿もなかった。

「こっちだ」

「そっちは行き止まりじゃ？」

関係者だけが使える機材用のエレベーターがあるだけで、学生はあまり足を向けることはない。

「人の邪魔にならないところに置いといたんだ」

行き止まりの廊下に置いてあるということは、人前では見せられないものなのだろうか。

「見せたいものとは何ですか？」

もしかして、サプライズのつもりだろうか。だとしても、理由がわからない。ジェレミーは人を驚かせるのが好きだけれど、何もないときにそんなことをするとは思えなかった。

「だから、見てのお楽しみだって。そこにあるんだけどさ——」

不可解に思いながらもジェレミーに誘導《ゆうどう》され、廊下の角を曲がる。

廊下の突きあたりにあったのは、大きなダストボックスだけだった。タイヤのついたそれは、普段は校舎の裏などに置いてあるものだが、何故《なぜ》こんなところにあるのだろう。

「どういうことですか？　何も見当たりませんが……」

「ごめん、ユーイン」

「!?」

意図のわからない謝罪を耳にした直後、背中にバチバチッという衝撃《しょうげき》を受けた。言葉にならない痛みが体中を駆《か》け抜《ぬ》け、かくりと膝《ひざ》をついてしまう。

「な……に……？」

「…………」

わけがわからず混乱に陥《おちい》りそうになりながら、必死に状況《じょうきょう》を把握《はあく》しようとする。けれど、再び首の下に強い衝撃を受け、急激に意識が遠《とお》退き始めた。

そのまま倒《たお》れそうになった体はそっと抱《だ》き止められる。ジェレミーにスタンガンを押し当てられたのだと気づいたときには、もう遅かった。

「どう…して……？」

「本当にすまない」

後悔《こうかい》の滲《にじ》む謝罪の言葉。謝るくらいならどうしてこんなことをするのか。

薄《うす》れゆく意識の中、ユーインの疑問は声にはならなかった。

6

底冷えのする寒さが、じわじわと足下《あしもと》から這《は》い上がってくる。背筋を抜ける寒気にぶるりと震《ふる》えが走り、ユーインは目を覚ました。

初めは状況がわからなかった。視界に映るのは自分の膝と打ちっぱなしのコンクリートの床《ゆか》。何度か瞬《まばた》きを繰《く》り返すと、徐々《じょじょ》に意識がはっきりしてきた。

「ここ、どこだ……?」

ユーインはだだっ広い空間の真ん中にいた。見覚えのない光景だが、夢ではないようだ。自分のいる場所がどこかわかるものがないか、あたりを見回してみた。

どうやら、いまは使われていない古びた倉庫か工場のようだった。人の気配は一切《いっさい》感じられず、どこからか隙間《すきま》風が吹《ふ》き込んでいる。

機械類は何もなく、端《はし》のほうに錆《さ》びた資材が置かれている。窓ガラスにペンキで描《えが》かれたロゴは剝《は》げ落ち、スペルが読み取れなかった。

どうしてこんなところに——そう疑問に思いかけたところで、意識を失う前のことを思い出した。

講義の前にジェレミーに相談があると人気《ひとけ》のない廊下に誘導され、スタンガンを押しつけられたのだった。背中と顎《あご》の下に残る痛みがそれが事実だったことを証明している。
二度の衝撃に意識を失ったあと、ここに運ばれたのだろう。つまり、ユーインはジェレミー
に誘拐《ゆうかい》されたということになる。
「……何で、ジェレミーが……」
考えるまでもなく、犯人は明白だ。しかし、彼が自分にこんなことをしでかした理由が全く
わからない。本人を問い詰《つ》めたくても、彼の姿はどこにもなかった。
いま頃《ごろ》、きっとヒューバートが心配していることだろう。彼の云《い》いつけを守らず、易々《やすやす》と隙《すき》
を見せてしまったことを後悔する。
まさか、ジェレミーがユーインに危害を加えるなんて考えもしなかったのだ。とは云え、約
束を守らなかった云い訳にはならない。
彼を疑わなかったとしても、ヒューバートが戻《もど》ってくるのを席で待っていれば最悪の事態だ
けは免《まぬか》れたはずだ。
ジェレミーがこんなことをした理由はわからないが、少なくとも計画的な犯行だということ
はわかる。
いま考えると、ストーカーにユーインを襲《おそ》わせた犯人もジェレミーだった可能性もある。
彼ならユーインの飲み物に薬を盛ることもできたし、行動範囲《はんい》も知っている。友人である男
を疑いたくはないけれど、状況からはそうとしか云いようがない。

「――もしかして」

ヒューバートが詳《くわ》しい話をユーインに話そうとしなかったのは、犯人がジェレミーだと気づいていたからかもしれない。

彼を信頼《しんらい》しているユーインにショックを与《あた》えたくなかったのだろう。ヒューバートだって落ち込んでいるはずなのに、無用な心配をさせずに守ろうとしてくれていたのだ。

「………」

いまはショックを受けている場合でもなければ、鬱々《うつうつ》と考えている場合でもない。ぼんやりとしている暇《ひま》があったら、少しでもこの状況から抜け出す努力をすべきだ。

とりあえず、一刻も早くヒューバートに無事だということを伝えたい。少しでも建設的なことをしようと、再び周囲に注意を向け、状況を把握することに注力することにした。

薄暗《うすぐら》く、空気は湿《しめ》っている。窓からは空しか見えないけれど、日が傾《かたむ》いている。そんなに長い時間気を失ってはいないはずだから、夕方だということだろう。

意識のない成人男性を運ぶのは容易なことではない。体格のいいジェレミーでも苦労しただろう。そう考えると、大学からあまり離《はな》れたところでもないはずだ。

奥の事務所らしき場所に、いくつか机が置いてある。引き出しの中に書類など場所を特定するようなものが残っていないだろうかと近づこうとしたそのとき、自分が立ち上がれないことに気がついた。

「!?」

立ち上がれないどころか、両腕《りょううで》も動かせない。体中が軋《きし》むように痛いのは、椅子《いす》に縛《しば》りつけられているからだとわかった。

やっと自分が置かれた状態に気づくだなんて、自覚はなかったけれど動揺《どうよう》していたのだろう。冷静なつもりでいただけだったようだ。

体を見下ろすと、腰回《こしまわ》りにロープを巻かれていることがわかった。腕《うで》は後ろ手に縛られている。ずいぶん念入りに拘束《こうそく》されたものだ。

試《ため》しに体を揺《ゆ》らしてみたけれど、どっしりとした鉄製の椅子はコンクリートの床に擦《こす》れて耳《みみ》障《ざわ》りな音を立てるばかりで、椅子ごと移動するのは至難の業《わざ》のようだった。

ただ、手首の拘束は腰《こし》のロープの締《し》めつけよりは緩《ゆる》いようで、微《かす》かな希望が見えた。時間をかければ外すことができるかもしれない。

縛りの緩い手首を自由にできれば、あとはどうにかなる。少しでも緩めば、引き抜くことも可能だろう。

「い……っ」

大きく動かすと硬《かた》いロープが擦れて痛かったけれど、手応《てごた》えも感じていた。必死に手を動かしていると、縛りつけられている椅子も耳障りな音を立てる。

もう少し——そう思ったとき、金属が軋むような音が聞こえた。蝶番《ちょうつがい》に油が差されていないのだろう。ドアの向こうから姿を現したのは、他《ほか》でもないジェレミーだった。

「目が覚めたか、ユーイン」

「ジェレミー」

「悪いな、こんな目に遭《あ》わせちまって。ちょっと寒いけど、しばらく我慢《がまん》してくれ」

ユーインに声をかける彼の様子は普段《ふだん》どおりだった。まるで教室で顔を合わせたときと同じ調子で、どう反応すべきかわからず黙《だま》り込んでしまった。

場違《ばちが》いな態度に、夢でも見ているような気にさえなってくる。唖然《あぜん》としてしまったけれど、気を取り直して彼に向き合った。

「……ジェレミー。どうしてこんなことを?」

下手《へた》に刺激《しげき》してしまわないよう、努めて穏《おだ》やかに訊《き》いた。話をしながらも、拘束を解くためにこっそりと手を動かす。

「深い事情があるんだよ。それを話すと長くなるんだよな」

「あなたも誰《だれ》かに指示されてるんですか?」

友人を疑いたくはない。残された可能性の一つを口にすると、ジェレミーは弾《はじ》かれたように笑い出した。一頻《ひとしき》り笑ったあと、涙《なみだ》を指先で拭《ぬぐ》いながら忠告してきた。

「誰かに指示されてる? そんなわけないだろ。ユーイン、お前はお人好《ひとよ》しすぎる。もっと人を疑うことを知ったほうがいい」

「じゃあ――」

「お前らに嫌《いや》がらせしてた犯人は俺だよ。俺がこんなことを企《たくら》んでるなんて、考えもしなかっただろう」

ジェレミーは自嘲《じちょう》めいた笑いを浮《う》かべる。彼の云うとおり、欠片《かけら》も疑っていなかった。

「正直、いまでも信じられません」

「だよな」

本音を告げると、ジェレミーはまた笑う。まるで、他人ごとのような態度だ。テンションも少しおかしい気がする。

理由はどうあれ、このまま放っておくわけにはいかない。ユーインはジェレミーを説得しようと試みることにした。

「ジェレミー、私を解放して下さい。いまなら引き返せるはずです」

「俺のことを心配してくれるのか？　酷《ひど》い目に遭わされてるっつーのに、お優《やさ》しいことだな。慈悲《じひ》深く許しを与えてくれるって？」

「許してはいません。怒《おこ》っています。ここは寒いし、スタンガンの跡《あと》は痛いし、同じ目に遭わせてやりたいって思ってます」

こんなことをしでかした理由如何《いかん》によっては、数発殴《なぐ》ってやりたいくらいだ。

「へえ、ユーインも怒ることがあるんだな」

「もう一度訊きます。どうしてこんなことをするんですか？」

どんなに長い話になろうが、事情を知らなければどうすることもできない。

「わかったよ。スタンガンの詫《わ》びに話してやる」

ジェレミーは壁際《かべぎわ》に放置されていたキャスターつきの事務椅子を引き摺《ず》ってきて、ユーインに向き合うように腰を下ろすと、おとぎ話を読んでいるみたいに淡々《たんたん》と語り出した。

「俺の親父《おやじ》は小さい工場を経営してた。お前らの家と比べたらちっぽけなもんだけどな。それでも、ガキの頃《ころ》は何不自由ない生活を送ってたよ。休みの日は従業員の家族とキャンプに行ったり、バーベキューしたりしてさ。あの頃は楽しかったな」

「工場？　もしかして、ここは……」

「そ、親父の工場跡。見りゃわかるだろうけど、とっくに倒産《とうさん》したよ。抵当《ていとう》に入って銀行に取られたってわけ。買い手がつかないみたいで、ずっと放置されてる。つーか、使わねーんなら無理矢理《むりやり》取り上げなくたっていいのにな」

「――――」

笑い声を立てているジェレミーの目が笑っていないことに気がついた。

「どうして潰《つぶ》れたと思う？」

商品が売れなかったり、資金繰《しきんぐ》りが上手《うま》くいかなかったり、会社が倒産する理由は様々だ。そのときの世情にもよるし、運の善し悪《あ》しだってある。

「どうしてですか？」

「あいつの親父のせいだよ！　あの男がウチとの契約《けいやく》を切ったせいで、ウチは潰れたんだ!!」

下手に答えるよりも問い返したほうがいいだろうと思っての言葉だったが、それまでは穏やかだったジェレミーはいきなり声を荒《あら》らげた。ユーインはその剣幕《けんまく》に思わず息を呑《の》む。

「倒産してからは悲惨《ひさん》だったよ。転落の一途《いっと》って云《い》うの？　親父はなけなしの金でギャンブルと酒。最後は俺の小遣《こづか》いすら持ち出すようになってた。お袋《ふくろ》はそんな親父を見捨てて離婚《りこん》したってわけ。俺はお袋に連れて行かれたけど、苦しい生活だったよ」

当たり前の日常を送っていた少年にとって、その生活の変化は辛《つら》いものだっただろう。かける言葉は見つからなかった。

「まあ、酒浸《さけびた》りの親父を見なくてすむようになったのはよかったかな。いてもいなくても生活のレベルが変わらないなら、いないほうがマシだろ。そういう意味では俺も親父を見捨てたんだろうな」

「…………」

家庭の事情は不憫《ふびん》に思うけれど、ヒューバートの父、ウィルが理由もなく契約を打ち切るとは思えなかった。彼は情に厚い性格だ。損得のみで経営判断を下したりはしないはずだ。

しかし、これでジェレミーの犯行の理由が薄々《うすうす》わかってきた。クロフォード家に対して抱《いだ》いている恨《うら》みを晴らそうとしているのだろう。

「そんな生活を凌《しの》いでどうにか奨学金《しょうがく》を得て大学へ進学したら、あの男の長男がのうのうとした顔で通ってるんだからな。死ぬほど驚《おどろ》いたよ」

「もしかして、私たちと親しくしていたのは……」

答えを聞かなくてもわかる。だけど、確認《かくにん》せずにはいられなかった。

「想像してるとおりだよ。お前らに近づいたのはそのために決まってるだろ？　マジで嬉《うれ》しかったね。復讐《ふくしゅう》する機会が巡《めぐ》ってきたんだって、あのときばかりは神様に感謝した」

「そんな――」

「お友達ごっこも楽しかったけど、まあ仕方ないよな」

ジェレミーのことは、心から信頼《しんらい》していた。いまでも疑いきれないほどだ。

さっき、教室でもらった助言は心からのものに聞こえた。相手を想《おも》っていなければ、あんな言葉は出てこないはずだ。一体、どれがジェレミーの本当の顔なのだろう。

――多分、どちらも本物なのだ。

クロフォード家に恨みを抱き、ヒューバート相手に復讐を企《くわだ》てるジェレミーも、ユーインを思い遣《や》って力づけてくれるジェレミーも。

「友達になるところまでは上手く行ったんだけど、次の一手が難しくて参ったよ。あいつの足下《もと》を掬《すく》ってやろうと思ってたのに、思った以上に隙《すき》がなくてさ」

「ヒューバートですからね」

「むかつくよな、あいつ。顔も頭も家柄《いえがら》もいい上に、クールに見せかけて友情には厚いって完《かん》璧《ぺき》すぎるだろ。それで仕方なく、ターゲットをお前に変えたってわけだ」

「どうしてですか？」

「あいつにダメージを与《あた》えるには、ユーインを傷つけることが一番だってわかったから」

「……！」

ヒューバートの支えになりたいと思ってきた自分自身が、ウィークポイントになってしまっていたことがショックだった。

「ユーインに恨みはないけど仕方ないよな」

「教授のバースデーパーティで、私が口にするものに何か入れましたか？」

ジェレミーも教授のパーティに来ていた。恐《おそ》る恐る訊《たず》ねたユーインに、ジェレミーは小さく肩《かた》を竦《すく》めた。

「いまさら気づいたのか？　俺が渡《わた》した赤ワイン、ちょっと苦かっただろ」

パーティのとき、ジェレミーからグラスを受け取った気がする。

「悪かったな、怖《こわ》い目に遭わせちまって。ちょっと脅《おど》してやるだけのつもりだったんだけど、思ったより薬が効きすぎてちょっとびびったわ。あの眠剤《みんざい》、いつもは大して効かねーのに」

「――――」

彼は自らに処方された睡眠《すいみん》薬をユーインの飲み物にこっそりと混ぜたのだろう。常時飲んでいるであろうジェレミーと、飲み慣れていないユーインでは効果が違《ちが》って当然だ。誘拐《ゆうかい》し、椅子《いす》に縛《しば》りつけておいて、「悪かった」などと云われても誠意が感じられない。だけど、その悪びれない態度に毒気を抜《ぬ》かれてしまった。

本当にユーインに対しての悪意は微塵《みじん》もないようだ。自分に対しては、ヒューバートの付属品という認識が大きいのだろう。

友人のつもりだった。いや、いまでも友人だと思っている。だからこそ、こんなバカなことはやめさせたい。静かに深呼吸をして、気持ちを落ち着ける。

「これからどうするんですか？」

「とりあえず身代金《みのしろ》を要求しておくか。この工場を買い戻《もど》すのもいいかもな。あとはそうだな、キャンパスの中を裸《はだか》で歩き回ってもらうとか？」

どうやら、ヒューバートへはまだ連絡《れんらく》をしていないらしい。きっと、彼自身も何がしたいのかわかっていないのだろう。どこか自暴自棄《じぼうじき》になっているように思えた。

ただ単に復讐したいだけなら、黙《だま》って行動に移すだろう。ユーインの前に姿を現す必要だってない。悠長《ゆうちょう》にお喋《しゃべ》りをしているということは、心のどこかに躊躇《ためら》いがあるからだ。

「あなたは本当にそんなことがしたいんですか？　ヒューバートを貶《おとし》めれば満足するんですか？」

「さあね。それはやってみないとわかんねーな」

「考え直して下さい。少なくとも、あなたが恨んでいるのはクロフォード家であって、ヒューバートではないはずです」

「はっ、同じだね。あいつは俺たちを踏《ふ》み台にして、何不自由ない生活を送ってる。お前だってそうだろ？」

「………」

裕福《ゆうふく》な暮らしをしているのは、たまたま生まれた家が資産家だったからだ。そういった僥倖《ぎょうこう》を責められれば、黙《だま》るしかない。

ジェレミーを説得しようとするけれど、彼に届く言葉が思い浮《う》かばない。自分には彼を思い止《とど》まらせることはできないのだろうか。

「あいつだって何らかのペナルティを受けるべきだ」

「どうして俺がペナルティを受けなくちゃいけないんだ？」

あらぬ方向から聞こえてきた声に、ユーインは驚きを隠《かく》せなかった。ジェレミーが反射的に立ち上がった弾《はず》みで椅子が倒《たお》れ、派手な音が立った。

自分の見ている光景が信じられず、ユーインは目を見開き、ドアの前に立っている人物を凝《ぎょう》視《し》する。

「ヒューバート――」

「無事か？　ユーイン」

「は、はい……。でも、どうして……」

ヒューバートなら自分を探してくれているだろうと信じていた。だが、こんなに早く来てくれるなんて思ってもみなかった。

「お前を守るって誓《ちか》ったからな」

ヒューバートは幼い頃《ころ》の約束を口にする。その言葉に、思わず涙《なみだ》が込み上げてきそうになった。だけど、こんなところで泣くわけにはいかない。歯を食い縛り、ぐっと堪《こら》える。

「な……何でここがわかったんだ……!?」

ユーイン以上に驚き、言葉を失っていたジェレミーが遅《おく》れて我に返る。

「愛の力だろうな」

「そんなこと訊《き》いてんじゃねーんだよ!」

斜《なな》め上の返答をするヒューバートに、ジェレミーは激昂《げきこう》した。わざと挑発《ちょうはつ》しているようにも見えた。

「どうやって調べたか知りたいってことか? それは企業《きぎょう》秘密だ。一つだけ云えるのは、ウチの調査部門は優秀《ゆうしゅう》だってことくらいだな」

ヒューバートはゆったりとした足取りで、こちらに歩み寄ってくる。

クロフォード・グローバルの調査部門が優秀でも、こんなに短時間で場所を特定するのは難しいはずだ。きっと、ヒューバートはユーインが監禁《かんきん》されている可能性がある場所をあちこち探し回ってくれたに違いない。

「近寄るな！」

ヒューバートは、ユーインたちまであと十メートルほどのところで足を止める。

ずいぶん余裕《よゆう》のある態度に見えたけれど、よくよく見ると髪《かみ》は乱れ、上がった呼吸を無理矢理《むりや》抑《おさ》え込んでいるようだった。

「俺を恨《うら》むならいくらでも恨め。殴《なぐ》りたければ殴ればいい。その代わり、ユーインには手を出すな」

「俺に指図するな！」

落ち着いた口調のヒューバートにジェレミーが声を荒《あら》らげた。それでも、ヒューバートは語りかけることをやめようとはしなかった。

「欲しいのは金か？　謝罪か？——そうじゃないだろう？」

「知った口利《き》くんじゃねえ……っ」

ジェレミーは憤《いきどお》りのあまり、真っ赤になっている。いつでも陽気で気さくな彼からは想像できない姿だった。

「！」

そのとき、根気よく手を動かしていたのが功を奏し、手首を縛っていたロープが大きく緩《ゆる》んだ。ジェレミーに気づかれないように、そっと手を抜く。

注意を払《はら》うまでもなく、もう彼の目にはヒューバートのことしか見えていないようだった。

あとは腰《こし》の拘束《こうそく》を解くだけだ。ロープの結び目を少しずつ後ろ側に回し、息を殺して指先に集中する。

「そうやってキレるってことは、自分がしていることがただの八つ当たりだってことは自分でもわかってるんだろう？」

「黙れっつってんだろ⁉ 偉《えら》そうな口利くな……‼」

地団駄《じだんだ》を踏むジェレミーに、ヒューバートはさらに畳《たた》みかける。

「君の父親は不正をした。故意に質の劣《おと》る製品を納入し、再三の忠告にも改善が見られなかった。契約《けいやく》を切られたのはそのせいだ」

「……っ」

倒産《とうさん》の裏にそんな事情があったとは。ヒューバートが調べていたのは、このことだったのだろう。十年以上前のことともなると調査も簡単ではなかったに違いない。

「そもそも、製品の質を落とすことになったのは、君の父親がギャンブルにハマって経費の使い込みをしたせいだろう？ 従業員の支払《しはら》いだって遅れがちになってたって話じゃないか」

「う、嘘《うそ》だ！」

告げられた言葉に、ジェレミーは動揺《どうよう》を見せた。その様子を見る限り、彼は知らなかったことのようだ。

「知らなかったのか？　当時、君は子供だったからな。君にはそういう面を見せないようにしていたのかもしれないな。信じられないなら証拠《しょうこ》もある。元従業員の証言もあるぞ」

ヒューバートはそう云《い》って、手にしていた封筒《ふうとう》を顔の高さに持ち上げる。あの中に報告書が入っているのだろう。

「それがでっちあげじゃない証拠はないだろ⁉」

「録音した声で判断してもらうしかないな。親しくしてた人もいるだろう？」

「親父《おやじ》が使い込みなんて嘘だ……」

ジェレミーは呟《つぶや》きとは裏腹に、視線を泳がせている。信じたくない気持ちと事実かもしれないという想いが鬩《せめ》ぎ合っているのだろう。

「会社経営はボランティアではないし、私物化していいものでもない。それは経営学を学んでいるいまの君には充分《じゅうぶん》わかるはずだ」

「うるさいうるさいうるさい‼　正論なんて真っ平だ‼　貴様みたいに恵《めぐ》まれた人間に俺の苦しみなんてわかるわけない‼」

ヒューバートの告げる真実に、ジェレミーは駄々《だだ》っ子のように声を荒らげた。

「ああ、ちっともわからないね。君はそんな苦しい状況《じょうきょう》の中で努力し、大学にも入った。実力でここまで上《つ》り詰めたんじゃないのか？　俺を恨むのは構わないが、その労力をどうして自分を磨《みが》くことへ注がない？」

「御託《ごたく》はたくさんだ！　こいつを返して欲しけりゃそこに跪《ひざまず》いて許しを乞《こ》え!!」

ジェレミーは銃《じゅう》を取り出し、ユーインの頭に押しつける。ごりっという冷たい鉄の感触《かんしょく》に血の気が引く。

自分に銃口《じゅうこう》を向けられているぶんにはまだいいが、これをヒューバートに向けられたら――。そう思ったら絶望的な気持ちになった。しかし、ただ青くなっているだけなら誰《だれ》だってできる。いまは自分にできることをするべきだ。

銃は向けられているけれど、ジェレミーの意識はヒューバートに向いたままだ。結び目を解く作業を再開した。

「早くしろ！」

「――わかった」

ヒューバートはジェレミーの指示に従い、その場で膝《ひざ》を折る。さすがに強張《こわば》った顔をしていた。

「次はどうすればいい？」

「許しを乞えっつっただろ！」

銃口がヒューバートに向く。ジェレミーはもう正気ではないようだった。ヒューバートとの間合いを詰める。

「許してくれ」

「気持ちが籠《こ》もってねぇんだよ！」

ジェレミーは苛立《いらだ》った様子で足下《あしもと》に転がっていた椅子《いす》を蹴《け》る。大きな音に体が竦《すく》んだけれど、彼が振《ふ》り向かないことを祈《いの》りながら作業を続けた。

「！」

腰に巻かれていたロープが解けた瞬間《しゅんかん》、ユーインは全力で地面を蹴った。そうして、ヒューバートに銃を向けているジェレミーの不意を突《つ》き、背後から飛びかかった。

「なっ……⁉」

ユーインはジェレミーと共に倒《たお》れ込んだ。コンクリートの床《ゆか》に体を叩《たた》きつけられる痛みに顔を顰《しか》めながらも、ジェレミーの腰に全力でしがみつく。

「ユーイン⁉」

「早く逃《に》げて下さい！」

ヒューバートが立っている位置からなら、出入り口はすぐそこだ。この隙《すき》に逃げ出してくれれば、彼の安全は保証される。

「放せ、ユーイン！」

ジェレミーはユーインを引き剝《は》がそうと髪を摑《つか》んでくる。だけど、ここで屈《くっ》する訳にはいかない。ヒューバートが自分のことを守ってくれているように、自分だって彼を守りたいのだ。

「絶対に放しません……っ」

「くそっ、放せって云ってるだろ⁉」

無我夢中で揉《も》み合っているうちに、ジェレミーの手から銃が零《こぼ》れ落ちた。

「あ……っ」

「！」

注意が逸《そ》れたその一瞬《いっしゅん》に、ユーインはジェレミーの顎《あご》に力いっぱい掌底《しょうてい》を打ち込んだ。護身術を習っていたときに何度も練習した技《わざ》だ。小柄《こがら》な自分でも相手に確実なダメージが与《あた》えられるようにとの想いからだった。

「がはっ……⁉」

咄嗟《とっさ》の行動だったとは云え、自分でも驚《おどろ》くほど見事に決まった。反撃《はんげき》を覚悟《かくご》して身構えたけれど、ジェレミーの体からはかくりと力が抜《ぬ》けた。

「ユーイン！」

本当に意識を失っているのかどうか確認《かくにん》しているところに、ヒューバートが駆《か》け寄ってきた。

「無事か？」

「大丈夫《だいじょうぶ》です。私は何ともありません。私より彼の様子を見てもらえますか？」

「ジェレミーは気絶してるのか？」

「そのようです。すぐ目を覚ますとは思いますが……」

掌底の衝撃《しょうげき》で軽い脳震盪《のうしんとう》を起こし、意識を失ったのだろう。ヒューバートはユーインが縛《しば》ら

れていた縄《なわ》で、キツくジェレミーを縛り上げる。

「こうしておけば、目を覚ましても安心だろ」

「銃はどこに行った？」

「あそこです」

ジェレミーの手から滑《すべ》り落ちた銃は、一メートルほど先に転がっていた。

銃を拾い上げたヒューバートは怪訝《けげん》な顔になった。

「モデルガン？」

「え？」

「オモチャの玉すら入ってないようだ」

ジェレミーの脅《おど》しはただのはったりだったようだ。やはり、彼は本気でユーインを傷つける
つもりはなかったのだろう。

ヒューバートはモデルガンをベルトの間に挟《はさ》み、ユーインの体を起こしてくれる。

「ありがとうございます。痛……っ」

「痛めたのか？」

「軽い捻挫《ねんざ》だと思います」

ジェレミーに飛びかかったときにヘンな方向に捻《ひね》ったせいで、足首を痛めてしまったようだ。

この状況で捻挫だけですんだのだから、不幸中の幸いだ。

「大したことありません。私のことより、ヒューバートが無事でよかっ――」

言葉が途切《とぎ》れたのは、ヒューバートに頬《ほお》を叩かれたからだ。

「無謀《むぼう》な真似《まね》をするなと云ってるだろう！　相手は銃を持ってたんだぞ⁉　今回はモデルガンだったからいいが、本物だったら最悪暴発の可能性だってあった。もっと自分を大事にしろと何度云ったらわかるんだ！」

見上げたヒューバートの目が赤い。無茶《むちゃ》をした自分を心底心配してくれていたのだろう。

「……ごめんなさい」

「肝《きも》が冷えた。もう二度とあんな無茶はするなよ」

「約束します」

「無事でよかった」

「……っ」

力強く抱《だ》きしめられた。緊張状態《きんちょうじょうたい》から解き放たれたばかりのせいもあって、心細くなっていたのかもしれない。ユーインも思わずヒューバートに縋《すが》ってしまった。

やっぱり、ヒューバートは助けに来てくれた。その事実だけで胸がいっぱいだった。この腕《うで》の中にいるだけで安心できる。だけど、いつまでも甘えているわけにはいかない。

もうこれが最後だと自分に云い聞かせ、そっとヒューバートの体を押し返した。

「ユーイン？」

「これでおしまいですね」

「何の話だ？」

「恋人《こいびと》ごっこのことですよ。犯人はジェレミーだとわかったんですから、もう続ける必要はないでしょう？」

『事件』は解決した。ヒューバートと行動を共にする大義名分もなくなる。ロイの依頼《いらい》のほうは、そのときがきたら改めて対応すればいいだけだ。

「……お前にとっては最後まで『恋人ごっこ』でしかなかったってことか？」

「そういう約束でしょう？」

「そうだな。だけど、俺はお前に自分の気持ちを可能な限り伝えたつもりだ。それでも心は動かされなかったってことか？」

「…………」

ヒューバートに見つめられているいま、てきとうな言葉でごまかすのは難しい。偽《いつわ》りの気持ちを口にしても、絶対に見抜《みぬ》かれてしまう。だから、ユーインは口を噤《つぐ》むしかなかった。

「どうして俺じゃダメなんだ？　やっぱり、ロイのほうがいいか？」

「ロイが好きなわけじゃありません。でも、ダメなんです」

「それだけじゃ納得《なっとく》できない。理由を教えてくれ。俺の何が悪いんだ？」

諦《あきら》めずに食い下がってくるヒューバートにかぶりを振る。

「ヒューバートは何も悪くありません。ただ、私ではいけないんです」

「どういう意味だ？」

「あなたには将来がある。会社を背負い、家庭を持ち、次の世代を育てるのがあなたの使命です。私はあなたの未来の障害にはなりたくないんです」

真剣《しんけん》な眼差《まなざ》しのヒューバートに嘘《うそ》はつけなかった。ユーインの告白にヒューバートは押し黙《だま》った。ようやく現実をわかってくれたのだろう。

だが、予想に反し、ヒューバートは真面目《まじめ》な顔で叱責《しっせき》してきた。

「バカなことを云《い》うな！　お前がいなかったら俺の人生に何の意味もないだろう」

「わ、私は真剣に……」

「俺だって真剣だ。いいか、よく聞け。ウチの会社は跡継《あとつ》ぎは必要としていない。親父《おやじ》はただ好きなことをさせてくれてるだけだ。たまたま経営に興味があったから勉強させてもらってるだけで、跡継ぎとして育てられているわけじゃない」

「でも、私では家庭を作れません」

「どうして作れないなんて思うんだ？　結婚《けっこん》ならできるし、養子だって取ることは可能だ。血筋なんて関係ない。どちらかと云えば、お前の家族に許してもらうほうが骨が折れそうだな。お前がついてきてくれるなら、駆け落ちしたっていい」

ヒューバートはユーインのあらゆる不安を潰《つぶ》していく。

「でも――」

『でも』も『だって』ももうなしだ。俺はお前じゃないと幸せになれないって云ってるんだ。それでもダメだって云うのか？」

「…………」

「いい加減素直《すなお》になれ。あんなふうに抱《だ》かれるくせに、何とも思ってないなんて云うなよ。それとも、誰《だれ》に対してもああなるのか？」

「違《ちが》……っ」

「そうだろう？　俺だけが特別なんだって認めろよ」

「……っ」

子供をあやすように諭《さと》され、気づいたら泣けてきていた。自分の気持ちなど、とっくの昔に見抜かれていたのかもしれない。

「あなたはバカです。もっと頭のいい人だと思ってました」

「そうかもな。もっと頭がよかったら、こんなに遠回りをしなくてすんだかもしれないな。頼《たの》むよ。一言だけでいいから聞かせてくれ。お前の本当の気持ちが知りたい」

甘えるようにねだられて、とうとう本心を口にしてしまった。

「……あなたを愛してます」

「よく云えたな」

言葉にできたご褒美《ほうび》とばかりに抱きしめられる。箍《たが》が外れたように、次から次に気持ちが溢《あふ》れ出してくる。

「出逢《であ》ったときから、ずっと……ずっと好きでした」

「そうか」

「あなたには誰よりも幸せになって欲しいんです」

溢れていたのは気持ちだけではなかった。温かな涙《なみだ》も止め処《ど》なく頬を伝い落ちていく。

「大丈夫《だいじょうぶ》だ。絶対に幸せにするし、絶対に幸せになる。俺がお前に嘘を吐《つ》いたことがあるか?」

涙を指で拭《ぬぐ》われながら、優《やさ》しく訊《たず》ねられる。ふるふると首を横に振《ふ》ると、ヒューバートは「だろう?」と云って微笑《ほほえ》んだ。

「……長い一日だったな」

「そうですね」

深夜近くになって帰宅した二人は、疲《つか》れ果てた体をぐったりとソファに沈《しず》み込ませた。いままで何をしていたかと云うと、いわゆる事後処理だ。

ジェレミーを警察に引き渡《わた》したり、捻《ひね》った足首を診《み》てもらいに病院に行ったりしていたら、こんな時間になってしまった。

目を覚ましたジェレミーは憑《つ》きものが落ちたかのようになっていた。きちんと罪を償《つぐな》って、また大学に戻《もど》ってきて欲しい。そう告げたら、泣きそうな顔になっていた。

本来の彼は友人想《おも》いの優しい人物だ。絶対にやり直すことはできるはずだ。

「足は大丈夫か？」

「はい、テーピングで固定してもらっているので問題ありません。明日《あした》になれば痛みも引いてるだろうと云われました」

医師の見立ては、軽い捻挫《ねんざ》とのことだった。さすがにこの状態で走るのは難しいが、歩くことに支障はない。

「そうか。大したことがなくて本当によかった」

肩《かた》を抱き寄せられ、大人しく身を寄せる。触《ふ》れ合う温《ぬく》もりは、ユーインにとっては安定剤《ざい》だ。こうしていると目まぐるしい一日にささくれ立った神経が穏《おだ》やかになっていく。

「やっと二人きりになれた」

「ヒューバート、くすぐったいです」

こめかみにキスをされ、そのくすぐったさに肩を竦《すく》める。くすぐったいのは、この行為《こうい》自体かもしれない。

『仮』の恋人同士だったときは演じているという意識があったため、ここまでのむず痒《がゆ》さは感じなかったけれど、いまは素《す》の状態だ。

「あのときの言葉は夢じゃないんだよな？」

「え？」

「お前の気持ち。もう一度、聞きたいって云ったら怒《おこ》るか？」

「……っ、怒りはしませんが、いまはちょっと恥《は》ずかしいです……」

子供のように泣いてしまった自分を思い出すといたたまれない。いわゆる素面《しらふ》状態では、心の準備に時間がかかりそうだ。

「いまじゃなければいいのか？」

「そ、そうですね……。そういう雰囲気《ふんいき》のときなら……」

この先、一生云わないというわけではないし、改めて色んな話をしなければとは思っている。いつ好きになったかとか、どんなところが好きだとか。だけど、真正面から問われるとなかなか言葉にするのは難しい。

いつか、云えるタイミングもやってくるだろうという程度の考えだったのだが、ヒューバートは違《ちが》った意味に捉《とら》えたようだった。

「少し暗いほうがいいか？　音楽はどうする？」

「ええと、私はそういう意味で云ったんじゃ――」

「雰囲気次第《しだい》なんだろう？」

ぐいぐいと迫《せま》ってくるヒューバートに苦笑《くしょう》するしかない。『タイミング』を作り出そうとしているが、面と向かってお膳《ぜん》立《だ》ての相談をされても困ってしまう。

気持ちはわからないでもないが、些《いささ》か情緒《じょうちょ》が足りない気もする。恋人《こいびと》ごっこをしていたときのほうが、余程《よほど》スマートだった。

だけど、そういうところがヒューバートらしいとも思えた。基本的に理詰《りづ》めで考えるタイプだ。恋の駆《か》け引きが得意だとは思えない。いまが本来の姿なのだろう。

「ヒューバート。その、気持ちの準備ができたらちゃんと云いますから……」

少し落ち着いてもらおうと声をかけると、ヒューバートも自分の焦《あせ》りに気づいたようだった。

「すまない、気が急《せ》いてたようだ。今日の俺はどうも浮《う》かれてるな」

「それは私もです」

ずっと隠《かく》し通してきた秘密を口にしてしまったのだ。その夜に平常心ではいられるはずがない。どちらかと云えば、浮かれているというより緊張《きんちょう》していると云ったほうが正しいが。

「やっぱり、夢みたいだ。お前が俺の腕《うで》の中にいるなんて」

ヒューバートはユーインを抱き竦《だ》め、しみじみとそう独りごちる。体なら何度も重ねた。熱に浮かされ狂《くる》おしく抱き合いはしたけれど、そのときよりもいまのほうが距離《きょり》が近く感じる。

気持ち一つでこんなにも感じ方が変わるものなのかと驚《おどろ》きさえしている。

「ちゃんと現実ですよ」

それは自分にも向けた言葉だった。夢のようだけど、夢ではない。この腕の力も温もりも、何もかも本物だ。

「ユーイン、キスしていいか？」

「わざわざ訊《き》かなくてもいいですよ。いつもみたいに偉《えら》そうにしてて下さい」

「俺は普段《ふだん》偉そうなのか？」

「自覚なかったんですか？」

ヒューバートは生まれながらにして、上に立つ人間だ。不遜《ふそん》とまではいかないが、堂々とした立ち居振《いふ》る舞《ま》いは支配者の貫禄《かんろく》がある。

「自分ではそんなつもりは少しも――いや、いまはそんなことどうでもいいか」

緩《ゆる》められた腕の中で、彼を見上げる。昔から飽《あ》きるほど見つめてきた顔なのに、いまでも見《み》蕩《と》れてしまう。

「ヒューバート……」

見つめ合っていたら、胸の鼓動《こどう》が速くなってきた。やがて、どちらからともなく口づけを交《か》わした。

「……ん……」

啄《ついば》むような甘いキスに、子供の頃《ころ》に交わした約束のキスを思い出した。あのときの約束が、ずっとユーインを支えてくれていた。いまの自分があるのは、ヒューバートのお陰《かげ》だと云《い》って

ていた。


も過言ではない。

「……しまったな」

「どうしたんですか？」

口づけに夢中になりかけたところで、体をそっと引き離《はな》された。ヒューバートは苦い顔をしていた。

「すまん、ちょっと行ってくる」

「え？」

視線を逸《そ》らしながらの言葉に、事情を察した。視線を落とすと、股間《こかん》のあたりが張り詰《つ》めているのが見てとれた。

「怪我《けが》人を襲《おそ》うわけにいかないしな――ユーイン？」

気まずげに立ち上がったヒューバートの服の裾《すそ》を摑《つか》んで引き止めた。

どうしてこの人は、いざというときの空気を読んでくれないのだろう。体に火がついてしまったのは、ユーインも同じだ。

こんなタイミングで放置されるなんて、嫌《いや》がらせと変わらない。さっきは無理矢理《むりやり》ムードを作ろうとしていたくせに無神経にも程《ほど》がある。

「……私なら平気です」

ユーインにとっては、精一杯《せいいっぱい》の誘《さそ》い文句だった。なのに、ヒューバートからは融通《ゆうずう》の利《き》かない返事が戻ってくる。

「しかし、体に負担をかけるわけにはいかない。今晩はしっかり休むようにと医者も云っていただろう」

「じゃあ、負担《ふたん》がかからない方法ならいいですか？」

「どういう意味だ？」

いまさら、あとには引けない。ユーインは半ば意地になっていた。

ソファから降り、ヒューバートの前に跪《ひざまず》く。そして、張り詰めたフロント部分を寛《くつろ》げ、硬《かた》くなっていた屹立《きつりつ》を露《あら》わにした。

「おい、本気か!?」

「冗談《じょうだん》でこんなことしません」

顔にかかって邪魔《じゃま》な髪《かみ》を耳にかけ、先端《せんたん》を口に含《ふく》む。

「……っ」

びくりと反応してくれたことが嬉《うれ》しくて、深く呑《の》み込んでいく。舌を絡《から》めると、ぐんと大きくなった。

「ん」

「無理しなくていいんだぞ」

「大丈夫《だいじょうぶ》、です」

呑み込みきれない昂ぶりから一度口を離し、根本から舐《な》め上げた。これ以上ないくらいに張り詰めた屹立からは力強い脈動が伝わってくる。

「……っ」

ヒューバートは、ユーインの髪を繰《く》り返し梳《す》きながら、時折小さな呻《うめ》き声を漏《も》らす。自らの愛撫《あいぶ》に感じてくれていることが嬉しかった。

舌や唇《くちびる》の裏で感じる硬さや温度に、自分も興奮してくる。ユーインが口淫《こういん》に夢中になっていたら、困った様子で制止された。

「ユーイン、もういい」

「気持ちよくないですか……？」

「よすぎるくらいだ」

ヒューバートの様子に、もう終わりが近いのだと気がついた。

「大丈夫です、ちゃんとできますから」

そう云って、先端を口に含み直す。ここまで来たら、最後までちゃんとしたい。唇で締《し》めつけ、指も使って高めていく。

「そんなことしなくていい」

「……っ」

やめさせようとするヒューバートとの攻防《こうぼう》の末、頭を引き剝《は》がされ——同時に顔に生温か

いものがかかった。とろりとしたものが頬《ほお》を伝う。

タイミング悪く、暴発してしまったようだ。

「すまない！　こんなつもりじゃなかったんだ」

ヒューバートは狼狽《うろた》え、自らの服の袖《そで》でユーインの顔を拭《ぬぐ》ってくれる。

「わ、私こそ申し訳ありません」

我ながら、大胆《だいたん》なことをしてしまったものだ。いまさら、気恥《きは》ずかしさが込み上げてくる。

「いや、俺が悪い」

「そんなこと――」

ふと、二人で慌《あわ》てているという状況《じょうきょう》が可笑《おか》しくなって、思わず吹《ふ》き出してしまった。一瞬《いっしゅん》、虚《きょ》を衝《つ》かれた顔になったヒューバートも笑い出す。

「シャワーを浴びたほうがいいな」

「あ、そうですね」

今日一日の汗《あせ》もまだ流していないし、気恥ずかしさをごまかすのにもちょうどいい。ヒューバートの助言に従うことにした。

「どこへ行く？」

「どこって、シャワーを浴びに……」

自分の部屋のバスルームを使うつもりで立ち上がったが、ヒューバートに不思議そうに引き止められた。

「一緒《いっしょ》に浴びないのか？」

「え？」

「その足じゃ不安定だろう？　一人にするのは心配だ。手伝ってやるよ」

「……っ」

ヒューバートはきっと本気で心配してくれているのだろう。真面目《まじめ》な面持《おもも》ちを見る限り、下心のようなものは感じられない。

むしろ、意識しているのはユーインのほうだ。期待している自分がいることを否定できない。

「……じゃあ、お願いしていいですか？」


「ああ……っ、ん、あ……っ」

ヒューバートは後ろからユーインの腰《こし》を抱《かか》え、手にした屹立を大きく扱《しご》く。

最初のうちは本当に体を洗うのを手伝ってもらっていただけだったのだが、直《じか》に肌《はだ》に触《ふ》れられているうちにユーインの体は熱を持ち始めてしまった。

さっきの口淫の興奮が残っていたせいもあるかもしれない。隠《かく》す間もなく自身の変化を知られ、こうしてあやされているというわけだ。

「や、ヒューバート……っ、強く、しないで……っ」

「強く？」

「ああっ、ちが、だめ、あっ、あ、あ――」

あっという間に果ててしまった。爆ぜた白濁《はくだく》がシャワーブースのガラスに散る。伝い落ちる液体がやけに卑猥《ひわい》だった。

たったいま終わりを迎《むか》えたのに、体から熱が引かない。それどころか体の奥の疼《うず》きは酷《ひど》くなっている気がする。

このまま触れ合っていたら、抑《おさ》えが利かなくなってしまいそうで怖《こわ》かった。

「まだ欲しそうにしてるな」

冷静な指摘《してき》に頬が赤くなる。張り詰めたままの自身を手に取られ、指で弄《もてあそ》ばれる。緩《ゆる》く扱かれると、欲望《よくぼう》の残滓《ざんし》が溢《あふ》れ出した。

「ごめんなさ……」

「どうして謝る？　いくらでも欲しがればいいだろう。俺はお前が求めるものを与《あた》えるだけだ」

「でも……」

際限なく欲しがってしまいそうで怖い。すでに乱れきった自分を知られてしまってはいるけれど、だからといって欲望に素直《すなお》になるには恥《は》ずかしい。

「恥ずかしがらなくていい。俺だってこんなだ」

「わ……っ」

体の向きをくるりと反転させられた。苦笑《くしよう》混じりに自己申告《しんこく》されたとおり、ヒューバートの昂ぶりもまた張り詰《つ》めていた。

逞《たくま》しい怒張《どちよう》を目にし、ごくりと喉《のど》を鳴らしてしまった。

「俺に摑《つか》まってろ。そうすれば足に負担がかからないだろう」

「は、はい」

おずおずと首に手をかけると、腰を抱《だ》き寄せられた。下肢《かし》が密着し、熱くなった屹立同士が触れ合う。

そこばかり意識していたら、体液で濡《ぬ》れてぬるりとした指で後ろを探《さぐ》られる。その感触《かんしよく》に、びくんっと体が跳《は》ねた。そのまま指を押し込まれ、ぎゅっと目を瞑《つぶ》った。

「んん……っ」

抜《ぬ》き差《し》しの刺激《げき》が堪《たま》らず、ヒューバートの首に力いっぱいしがみつく。肩口《かたぐち》に顔を埋《うず》めながら、喘《あえ》ぎを押し殺した。

ヒューバートは感じる場所を的確に責め、大胆に搔《か》き回す。増やした指でひくひくと痙攣《けいれん》する内壁《ないへき》を押し拡《ひろ》げられる感覚に歯を食い縛《しば》った。

「はっ、あ、もう……っ」

「何が欲しい？」

「……あなたが欲しい」

もっと確かなもので貫《つらぬ》かれたい。はしたない願いだとわかっていたけれど、ねだらずにはいられなかった。

正直云《い》って、受け入れるにはまだ少しキツかったけれど、一秒でも早くヒューバートが欲しかった。

「仰《おお》せのままに」

「あ……!?」

慇懃《いんぎん》な物云いと共に両足を掬《すく》い上げられ、体が浮《う》いた。不安定な体勢に戸惑《とまど》うユーインを、ヒューバートは容赦《ようしゃ》なく貫いた。

「やぁあ……っ」

凶暴《きょうぼう》に猛《たけ》った昂ぶりに押し開かれる圧迫感《あっぱくかん》に、ぐっと歯を食い縛る。

自分の重みで腰が落ち、一息に根本まで呑《の》み込んでしまう。深い場所まで犯《おか》され、頭の芯《しん》がじんじんと痺《しび》れた。

「奥に、当たって……」

「ああ、全部入った。これなら足も痛くないだろう？」

足の痛みなど、とっくに忘れていた。いまは繋《つな》がり合った場所ばかり意識してしまう。爪先《つまさき》から頭の天辺《てっぺん》まで、甘く痺れている。

以前のユーインにとって、セックスは性欲《せいよく》を解消するためのものであり、汚《けが》らわしい行為《こうい》だった。だけど、それは気持ちの伴《ともな》わない相手に無理強《むりじ》いされたせいだった。

世界で唯一《ゆいいつ》の愛《いと》しい相手と深く繋がり合い、一つになる。それがどんなに幸せなことか、いまは誰《だれ》よりもよく知っている。

「そんなに締《し》めるな。動けないだろう?」

「ぅあ……ッ」

下から力強く穿《うが》たれ、悲鳴じみた声が上がる。繰《く》り返される突き上げは、やがて律動に変わっていった。休みなく与えられる甘い衝撃《しょうげき》に頭の芯が痺れてしまう。

「ぁん、あっあ、あ……っ」

シャワーブースに嬌声《きょうせい》が響《ひび》く。自分のものとは思えない甘ったるい声音《こわね》が恥ずかしい。ヒューバートは深々と穿った欲望で、ユーインの中を容赦なく掻き回してくる。

柔《やわ》らかな内壁を抉《えぐ》られる感覚が堪らなく気持ちいい。強すぎる快感に仰《の》け反らせた喉元《のどもと》に嚙《か》みつかれた。

「ああっ、あ、んん――」

乱暴に奪《うば》われた唇《くちびる》も荒々《あらあら》しく嬲《なぶ》られ、口腔《こうこう》を乱暴に掻き回される。ユーインもそれに応《こた》えるように舌を絡《から》め、キスを貪《むさぼ》った。

「んんっ、ん、は……っ」

がくがくと揺《ゆ》さぶられ、急《せ》き立てられる。終わりはもう目の前だった。

「あ、あっ、あああっ」

深い場所を突《つ》き上げられた瞬間《しゅんかん》、頭の中が真っ白になる。我に返ったときには下肢を震《ふる》わせながら、飛沫《ひまつ》を散らしていた。

「……っ」

ヒューバートが息を詰めると同時に、体の奥に熱いものを感じる。ユーインの体は、自分の中で達した屹立《きつりつ》を締めつける。

「……愛しています」

込み上げてくる気持ちを吐露《とろ》するように、愛を告げる。幸せすぎて、怖いくらいだ。

「俺もだ。お前だけを愛してる」

ヒューバートはその言葉を証明するかのように、キツく抱きしめてくる。ユーインは同じように広い背中を抱《だ》き返した。

7

「いい天気になってよかったですね」

見上げた空は抜けるような青さだ。近くでドリンクを配って回っていたロイに話しかけると、力強い同意が返ってきた。

「本当だよ。先週の天気予報で雨だって出てたから冷や冷やしたけど、マジ外れてよかった。まあでも、親父《おやじ》も俺もヒューバートもこういう日に雨降ったことないし」

今日はハンプトンにある別荘《べっそう》でガーデンパーティが開かれている。

ヒューバートたちの弟、アレックスの一歳のバースデーパーティに合わせて、再婚《さいこん》した父ウィルと玲子のお披露目《ひろめ》を行うためだ。

招かれているのはごく親しい人たちのみの、内輪での祝いの席だ。そのため、ユーインとヒューバート、ロイの三人で進行を引き受けると買って出た。

ウィルは盛大なウエディングパーティをやりたがったらしいのだが（派手好きのウィルらしい）、再婚ということもあり玲子が派手な催《もよお》しを固辞したそうだ。

その結果、こういう形になったとのことだが、穏《おだ》やかでのんびりとしたいいパーティになったと思う。

ヒューバートとは正式に『恋人《こいびと》』になった。まだロイにしか伝えていないけれど、いつかは家族にも告げたいと思っている。

保守的な両親はいい顔をしないかもしれないけれど、誠意を尽《つ》くせばいつかわかってくれるはずだ。

以前の自分を振《ふ》り返り、あまりに身勝手だったと反省した。

好きだと云ってくれているヒューバートに本心を告げず、曖昧《あいまい》な態度を取り続けていたのも褒《ほ》められたことではないし、勝手に将来の展望を描《えが》き、レールを敷《し》くことを使命と考えていたこともよくなかった。

「そういえば、ロイ、今日は彼女は来ていないんですか？」

あたりを見回すが、それらしい姿は見当たらない。

事の始まりは、ロイの彼女にユーインとの関係を疑われたことだった。誤解を解くために恋人がいるふりをするという計画だったわけだが、結果的に『ふり』ではなくなってしまった。

そのことは、一応ロイにも伝えてある。ヒューバートの疑念を完全に晴らしておきたかったのと、ロイには一番に報告すべきだと思ったからだ。

ロイの彼女にきちんと説明して誤解を解くいい機会だと思って申し出ると、意外な答えが返ってきた。

「あー、彼女には振られた」

「え!? どうしてですか？」

「他《ほか》に好きな人ができたんだってさ。浮気《うわき》の心配をしないですむように、もっと硬派《こうは》なタイプがいいって」

「そんな……」

ロイは肩《かた》を竦《すく》め、深々とため息を吐《つ》いた。

「というわけで、お幸せに。二人とも頑固《がんこ》だから素直《すなお》になるまで長かったな」

「な、何云ってるんですか」

「本当にもどかしかったよ」

ロイは肩の荷《に》が下りたと云わんばかりだ。もしかして、ロイはユーインの気持ちに気づいていたのだろうか。

恋愛《れんあい》に関しては察しのいいロイならあり得ることだが、恋心《こいごころ》を隠《かく》し通してきたつもりのユーインにしてみたら、複雑な気分だった。

「何の話をしてたんだ？」

ロイと話をしているとヒューバートが間に入ってくる。

「ヒューバート！」

「ヒューバートが頑固だって話。融通《ゆうずう》が利《き》かないっていうか、意固地っていうか……。純情なのもいいけど、初心《うぶ》すぎてもどかしかった」

「何が云《い》いたいんだ？」

ヒューバートにぎろりと睨《にら》まれたロイは、そそくさと去っていった。

「あ、俺、玲子さん手伝ってくるから！」

「ちょっ、ロイ……！」

先にロイに逃《に》げられてしまい、残されたユーインがどう取り繕《つくろ》おうかと考えていると、ヒューバートは肩を竦めて苦笑《にがわら》いを浮《う》かべた。

「こういうことに関しては、あいつのほうが経験豊富だからな。云われっぱなしも仕方ない」

「ヒューバート……」

「自分でも遠回りしたのはわかってる。そのぶん、これから埋《う》め合わせをしていけばいい」

「そうですね」

ヒューバートの言葉に同意する。過去ばかり振り返っていても仕方ない。大事なのは、二人で作っていく未来だ。

「それはそうと、今日は一段と綺麗《きれい》だ。よく似合ってる」

「あ、ありがとうございます……」

今日身に着けている盛装は、ヒューバートが用意してくれたものだ。出逢《であ》ったときに着ていたものと同じ白い生地《きじ》で仕立ててある。

まるで、花嫁《はなよめ》衣装のようだと思ったけれど、自意識過剰《かじょう》な気がして云えてはいない。

「そうだ、俺たちの式はいつにする？」

「は？」

式というのは、どういう意味だろうか。不可解な問いかけに怪訝《けげん》な顔をしていたら、ヒューバートまで怪訝な表情になった。

「まさか、式を挙げないつもりか？」

「ヒューバート、それ本気で云ってます……？」

「俺がこんな冗談《じょうだん》を云うと思うか？」

「……思いません」

「子供の頃《ころ》、よく行っていた教会があるんだ。式はそこで挙げたらどうだろう？　そうだ、ハネムーンはどこにする？　俺は静かに過ごせる場所ならどこでもいい」

「………………」

舞《ま》い上がっている——いまのヒューバートの状態を言葉にするなら、それが一番しっくり来る。

長いつき合いだが、こんなふうに浮かれる人だったなんて知らなかった。まさに生まれて初めて見るはしゃいだ姿かもしれない。

「どうした？　俺の顔に何かついてるか？」

「いえ、何も」

『可愛《かわい》い』だなんて思ってると知ったら、どんな顔をするだろうか。

きっと、これからたくさんの知らなかった顔を見ることができるはずだ。言葉にならない程《ほど》の幸せを噛《か》みしめていると、ヒューバートが微笑《ほほえ》みかけてくれる。

「愛してる」

人目を盗《ぬす》んで交《か》わす口づけは、どこまでも甘かった。

あとがき

はじめまして、こんにちは、藤崎都です。

このたびは『純情トラップ』をお手に取って下さいまして、ありがとうございました！

ついに「トラップ」シリーズも本作で十冊目となりました。

一冊目の『恋愛トラップ』を刊行させていただいたときは、まさか十冊も続けることができるとは思ってもいませんでしたが、これもすべて応援《おうえん》して下さった読者の皆様《みなさま》、そしてイラストを担当して下さった蓮川愛先生のお陰《かげ》です！　あ、あと、担当さんにも感謝しています！

この「トラップ」シリーズは、毎回一冊読み切りで展開していますので、どのタイトルからでも読んでいただけるかと思います。

よろしければ、この機会にシリーズ既刊《きかん》もお手に取ってみていただると嬉《うれ》しいです！

さて、今回の『純情トラップ』は『求愛トラップ』『蜜月トラップ』でお目付役として出てきたユーインが主役となっております。

これまでもロイの兄、ヒューバートとの関係を匂《にお》わせておりましたが、二人が〝幼なじみ〟

だったときのお話を書かせていただきました。

『求愛トラップ』『蜜月トラップ』のときは社会人だった彼らの大学生編です。いままで、二人のことはぼんやりとしか考えていなかったのですが、改めて、どんな関係なんだろう？と掘《ほ》り下げていったら、こういうお話になりました。

二人とも大学生なのに、全然大学生らしくなくてキャンパスライフがほとんど書けませんでしたが（苦笑）、いつもより少しだけ大人っぽい話（当社比）が書けたような気がします。

少しでも楽しんでいただけたなら幸いです。


それから、ご報告をいくつかさせて下さい。

二〇一四年三月一日から『世界一初恋〜横澤隆史の場合5〜』→『ガテンな義兄が可愛すぎて困る。』→『野獣なアニキに溺愛されすぎて困る。』と、三ヶ月連続刊行をさせていただいておりましたが、本作『純情トラップ』で気づくと連続刊行も四ヶ月目となっていました。

いつの間にか伸《の》びていて、自分でもちょっとびっくりです。四ヶ月おつき合い下さった皆様に、お礼申し上げます！

それと、新増刊の漫画《まんが》雑誌『エメラルド』の発売が決まったそうです。発売日は二〇一四年八月末日予定。詳細《しょうさい》は追々発表されていくことになるそうですが、こちらの雑誌に『世界一初恋』の小説も載《の》せていただく予定です。

――というわけで、文庫も雑誌もどうぞよろしくお願いします!!

最後になりましたが、お礼を。

今回も、蓮川先生に素敵《すてき》すぎる挿絵《さしえ》を描《えが》いていただきました！　ユーインが艶《つや》っぽくて美人な上、ヒューバートも色気ダダ漏《も》れのカッコよさで目の保養です。本当にありがとうございました!!

そして、担当の相澤さんにも大変お世話になりました。お忙《いそが》しいかとは思いますが、あまり無理をせずご自愛下さいませ！

そして、この本をお手に取って下さいました皆様、感想のお手紙を下さった皆様に心から感謝しています。

最後までおつき合い下さいまして、ありがとうございました！

またいつか貴方《あなた》にお会いすることができますように♥

二〇一四年初夏

藤崎　都

KADOKAWA RUBY BUNKO

純情《じゅんじょう》トラップ

藤崎《ふじさき》 都《みやこ》

角川ルビー文庫　R78-64　18584

平成26年6月1日　初版発行

発行者——山下直久
発行所——株式会社KADOKAWA
東京都千代田区富士見2-13-3
電話(03)3238-8521(営業)
〒102-8177
http://www.kadokawa.co.jp/
編　集——角川書店
東京都千代田区富士見1-8-19
電話(03)3238-8697(編集部)
〒102-8078
印刷所——暁印刷　製本所——BBC
装幀者——鈴木洋介

ISBN978-4-04-101575-9　C0193　定価はカバーに明記してあります。